십병귀

十兵鬼

오채지 新무협 판타지 소설

FANTASTIC ORIENTAL HEROES

십병귀 1

오채지 新무협 판타지 소설

초판 1쇄 찍은 날 § 2012년 5월 25일
초판 1쇄 펴낸 날 § 2012년 6월 2일

지은이 § 오채지
펴낸이 § 서경석

편집부장 § 권태완
편집책임 § 주소영
디자인 § 이혜정

펴낸곳 § 도서출판 청어람
등록번호 § 제1081-1-89호
등록일자 § 1999. 5. 31
어람번호 § 제2-2229호

주소 § 경기도 부천시 원미구 심곡2동 163-2 서경B/D 3F (우) 420─822
전화 § 032-656-4452 팩스 § 032-656-4453
http://www.chungeoram.com
E-mail § chungeorambook@daum.net

ISBN 978-89-251-2888-7 04810
ISBN 978-89-251-2887-0 (세트)

十兵鬼

십병귀

1

오채지 新무협 판타지 소설

FANTASTIC ORIENTAL HEROES

청람

서(序)   7

제1장   이별을 하다   9

제2장   도주(逃走)   41

제3장   황금의 섬   65

제4장   명부동(冥府洞) 사람들   99

제5장   별이 지다   123

제6장   거사를 벌이다   151

제7장   살성(殺星)의 능상   181

제8장   숲에서의 하룻밤   207

제9장   속았다   231

제10장   사신왕(四神王)   263

제11장   십병귀(十兵鬼)   289

序

짙은 눈발이 흩날리던 어느 날 아침, 혼마(魂魔)가 세상을 떠났다. 십육 세에 입교, 오십 세에 혼세신교(混世神敎)의 제 칠대 교주로 등극, 구십 세에 구주팔황(九州八荒)과 사해오호(四海五湖)를 정복한 철의 무인은 고락을 함께했던 수백 명의 마군(魔軍)들이 지켜보는 가운데 조용히 숨을 거두었다.

보이지 않는 전쟁이 시작되었다.

천하제일을 다투는 모사(謀士)들과 시대를 풍미했던 검호(劍豪)들이 끝도 없이 죽거나 실종되었다. 시체가 산이 되어 쌓이

길 여러 해. 혼마의 진전을 이은 스물일곱의 제자 중 단 열 명만이 살아남았다. 그들은 지존의 자리를 놓고 사활을 건 마지막 싸움을 벌이고 있었다.

第一章

이별을 하다

열 개의 장원, 스무 개의 연무장, 일천오백 채의 전각, 삼만 명의 상주하는 무인들……. 신궁(神宮)은 하나의 무국(武國)이었다.

한 사람이 산봉우리에 올라 신궁을 조망하고 있었다.

서른 살이나 되었을까?

용이 그려진 청의 장포를 입고 뒷짐을 지고 선 그의 전신에선 일성의 패주다운 위엄이 흘러나오고 있었다. 후천적으로 만들어진 것이 아닌, 태어날 때부터 자연스럽게 몸에 밴 위엄이었다.

혼마의 진전을 이은 제자들은 모두 그랬다.

대륙을 통틀어 가장 뛰어난 스물일곱의 기재였기에 태생부터가 남다를 수밖에 없었던 그들의 운명은 혼마가 죽는 순간 갈렸다.

죽는 자와 살아남는 자.

그리고 지금 단 열 명만이 살아남았다.

십봉룡(十鳳龍).

그중 여덟은 최소한의 병력만 대동한 채 장원에 칩거함으로써 목숨을 보존하는 대신 권좌에서 멀어졌다.

남은 사람은 이제 두 명.

모두가 엄지를 치켜세웠던 삼공자의 생존은 당연했다. 그는 덕이 높았고, 용병(用兵)과 치술(治術)에 밝았으며, 목숨으로 따르는 수하들이 많았다. 무엇보다 신교에서 가장 강한 열두 개의 힘, 십이지천(十二支天)을 손에 넣었다.

천하를 굽어볼 수 있는 한 개의 눈[目], 만인을 움직일 수 있는 두 개의 뇌(腦), 누구라도 죽일 수 있는 한 개의 암검(暗劍), 일기당천의 무위를 지닌 다섯 개의 대(隊)와 세 개의 단(団)이 바로 십이지천이다. 십이지천이면 신궁을 쓸어버릴 수도, 다시 세울 수도 있었다.

그리고 모두의 예측을 뛰어넘어 칠공자가 살아남았다.

범인의 기준으로 하면 신선이나 다름없는 존재였던 그는 십봉룡의 무리에 섞여 있는 동안엔 한낱 둔재에 지나지 않았다.

약하고, 겁 많고, 우유부단하며, 일 년 열두 달을 기녀의 치마폭에서 놀기 바빴던 철부지 칠공자. 그런 그가 마지막까지 살아남아 삼공자와 백척간두의 일전을 치르게 될 줄은 누구도 예상하지 못했다.

어디선가 바람이 불어와 사내의 머리카락을 흩날렸다.

마주하는 것만으로도 심장이 끓어오를 것 같은 안광의 소유자인 그는 삼공자 신룡군(神龍君) 장벽산이었다.

"술이나 한잔할까?"

"하명하시면 기별을 넣겠습니다."

장대한 체구에 대감도를 한 손에 쥔 사내가 허리를 숙이며 말했다. 불곡도(不曲刀) 신무광. 교내 서열 육십칠 위의 직급이나 순수한 무공으로만 따지면 삼십 위권에 육박할 거라는 평가를 받는 초절정고수다. 장벽산을 모시지 않았다면 일성을 호령하고도 남을 무인.

그가 기별을 넣겠다고 한 곳은 기루였다.

신궁 내에는 수십 개의 기루가 있었다.

그중 하나에 삼공자가 방문할 것이라는 기별을 넣으면 일다경 내에 기루를 텅텅 비우고 가장 호화로운 팔두마차를 보내 모셔야 한다.

그게 십봉룡에 대한 예우다.

그게 혼마의 진전을 이은 제자들이 누릴 수 있는 권위다. 무맥의 정통성은 곧 교맥의 정통성. 혼세신교의 여덟 기둥을 이루는 외궁(外宮) 팔마궁(八魔宮)의 궁주들조차도 신궁으로 들어서는 순간 십봉룡 앞에서는 머리를 조아려야 한다.

하물며 일개 기루쯤이야.

"오늘은 바람을 좀 쐬지."

신무광의 눈동자에 기광이 맺혔다.

바람을 쐬겠다는 말에 주공이 한 사람을 만나고 싶어 한다는 걸 알아차렸다.

'위험하다.'

지금처럼 민감한 시기에 궁을 비운다는 것은 적에게 안방을 내주는 것과 다름없다.

말리고 싶었다.

그것만은 제발 재고해 달라고 요청하고 싶었다.

하지만 그럴 수 없었다.

지금 이 순간, 위기에 처한 주공을 구해줄 수 있는 사람을 딱 한 명 고르라면 자신조차도 가장 먼저 그를 떠올릴 것이기에…….

'그를 움직일 수만 있다면…….'

"존명!"

신무광은 허리를 깊게 숙였다.

이어 허리를 펴고 후방을 향해 호령했다.

"길을 열어라!"

십여 장 뒤쪽에서 시립해 있던 오백의 고수가 썰물처럼 갈

라졌다. 장벽산이 그들 사이를 유유히 걸어갔다. 하늘 아래
오백의 호위를 거느리는 사람도 드물겠지만, 궁내를 거닐면
서도 오백의 호위를 대동해야 할 만큼 지금의 상황은 살벌했
다.

　야행은 은밀하게 이루어졌다.
　먼저 장원으로 돌아간 장벽산은 밤이 늦도록 대황촉을 밝
히고 책을 읽었다. 삼경이 깊어갈 무렵 장벽산과 똑같이 생긴
인물이 은밀하게 늘어왔다.
　장벽산이 없는 동안 그를 대신할 가인(假人)이다.
　가인이 대황촉 아래에서 책을 읽는 동안 장벽산은 아무도
모르게 신궁을 빠져나갔다. 이 모든 것을 준비한 사람은 물론
그의 충직한 수하 신무광이었다.

　혼세신궁은 상주하는 인원만도 십만 명이 넘는 거대한 공
간이다. 기루를 포함해 인간이 생활하는 데 필요한 어지간한
시설이 모두 있었지만, 자급자족하지 않는 한 삼만 명이 모든
것을 궁내에서만 해결할 수는 없었다.
　특히 절대 다수를 차지하는 하급무사들의 경우 언제 상관
이 나타날지 모르는 궁내의 기루에서 술맛이 날 리가 없었다.
　해서 신궁을 중심으로 유흥 도시가 만들어졌다.
　강호인들은 이곳을 신도(神都)라고 불렀다.

신이 강림한 성스러운 도시라는 뜻인데, 실제로도 그렇게 생각할지는 모르지만 다분히 신교의 눈치를 보는 이름인 것만은 분명했다.

역용에 변복까지 한 장벽산은 신무광과 함께 흥청거리는 사람들로 가득 찬 대로를 걸었다. 장벽산의 신분을 알아보지 못한 몇몇 취객들이 시비를 걸어오다가 신무광의 불같은 안광을 맞고 물러났다.

도시 깊숙이 들어갈수록 취객은 점점 많아졌다. 취객이 많아지면서 호객꾼도 비례해서 많아졌다. 기녀들의 지분 냄새, 의미를 알 수 없는 고성, 토사물의 역한 냄새가 오감을 괴롭혔다.

길을 꺾을 때마다 또 다른 장벽산과 신무광이 나타나 반대 방향으로 걸어갔다. 똑같은 모습으로 역용과 변복을 한 비천(秘天)의 인물들이다. 삼공자의 눈과 귀의 역할을 하니 십이지천 중 쥐(鼠)에 해당했다.

그들은 서로 교차하지 않으면서 적당하게 시간을 끌어줄 것이다. 도시 곳곳에 숨어서 활동하는 칠공자의 간자들을 염두에 둔 포석이었다.

이미 궁내에 가인이 있으니 전혀 눈치를 채지 못할 수도 있다. 하지만 만에 하나 궁내의 가인이 가짜라는 걸 적들이 알고 있다면 모든 눈과 귀가 일차적으로 궁내의 수많은 기루와 전각들을 향할 것이다.

궁내에 거주하는 사람 절반이 칠공자의 사람이니 족히 일 다경이면 삼공자가 궁내에 있지 않다는 걸 알아낼 것이다.

다음엔 신도다.

그들은 힘을 총동원해 신도를 이 잡듯이 뒤질 것이다.

칠공자는 삼공자의 위치를 반 시진 단위로 보고받고 있었다. 어디에서 무얼 하며 누구를 만났으며 심지어 무얼 먹었는지까지도.

적의 동선을 파악하는 것은 병법의 기본 중의 기본. 칠공자는 모두가 흘러버리기 쉬운 기본의 중요성을 너무나 잘 알고 있었다. 그래서 무서운 자다.

반면 장벽산은 언제부턴가 칠공자의 위치를 파악하지 못하고 있었다. 여기서부터 그의 고민이 생겼다. 이건 심각한 문제였다. 백중세를 이루던 힘의 균형이 어느 한쪽으로 기울었다는 걸 의미하기 때문이다.

고목은 무겁고 튼튼하지만 일단 기울기 시작하면 무서운 속도로 쓰러지게 된다. 장벽산 하나만의 문제가 아니었다. 그를 믿고 따르는 수만 명의 수하가 하루아침에 목이 달아날 수도 있었다.

그런 조짐을 보이는 결정적인 단서가 나타났다.

장벽산이 지금 그를 만나러 가는 이유였다.

"언젠가는 이 길을 편하게 걸을 수 있을까?"

장벽산이 혼잣말처럼 읊조렸다.

칠공자와의 싸움에서 이기고 지존이 된다면 그렇게 될 수 있다. 지존이란 누구의 눈치도 보지 않는 지고한 존재가 아닌가. 그래서 그처럼 많은 사람들이 피를 흘리며 죽어간 것이 아닌가. 대답을 원한 것이 아니었기에 신무광은 조용히 고개를 숙였다.

그를 만나러 가는 길은 언제나 이렇게 번거로웠다.

어느 순간 소음이 뚝 끊어졌다.

미로와 같은 골목길로 들어선 직후였다.

마지막으로 두 명의 가인이 튀어나와 반대 방향으로 사라졌다.

장벽산은 계속해서 걸었다.

이윽고 그가 걸음을 멈추었을 때 눈앞엔 현판도 없이 작은 등롱만 하나 내걸린 전각이 나타났다.

"여기서 기다려라."

"존명."

그는 대황촉 아래에서 여자와 함께 나신으로 자고 있었다. 두 개의 허연 살덩어리가 뱀처럼 엉켜 있는 광경을 보자니 장벽산은 얼굴이 화끈거렸다. 하지만 한편으로는 저렇게 단잠을 잘 수 있는 그가 부러웠다.

혼마가 죽고 난 후 장벽산은 오백의 호위에 둘러싸여서도 단 한 번 편하게 잠을 잔 적이 없었다. 언제 어디서 자객이 침입해 올지 모르기 때문이다. 그 역시 그런 방식으로 정적들을 숙청하지 않았던가.

"어맛!"

인기척을 느낀 여자가 이불자락을 와락 끌어당겼다. 나신의 사내는 졸린 눈을 게슴츠레 뜨더니 입술을 핥으며 말했다.

"목마르군."

사내가 누운 채로 대뜸 장벽산에게 물었다.

"돈 있어?"

당금 무림에서 혼세신교의 삼공자를 누워서 맞이할 수 있는 사람은 단언컨대 없었다. 하대를 할 수 있는 사람은 더더욱 없었다. 신궁의 고수들이 이 광경을 보았다면 적아를 떠나 당장에 요절을 냈을 것이다. 그건 삼공자 개인이 아닌 신교에 대한 모독이었으므로. 하지만 장벽산은 아무렇지도 않다는 듯 담담하게 받았다.

"고약하군. 손님더러 술을 사라니."

"있어, 없어?"

"무광이가 셈을 치를 걸세."

"술 가져와. 제일 비싼 걸로."

사내가 기녀로 짐작되는 여자의 엉덩이를 찰싹 때렸다. 기녀는 상큼하게 눈을 치켜뜨고는 행여나 장벽산이 볼세라 홑이불을 몸에 돌돌 말고서 방을 나갔다.

사내가 옷을 주섬주섬 주워 입더니 탁자로 걸어왔다.

대황촉에 가까워지면서 그의 모습이 더욱 선명해졌다.

서생처럼 허여멀건 얼굴에 어울리지 않게 서늘한 안광을 뿜어내는 호안(虎眼)이 이채로웠다.

그가 맞은편 의자에 앉으며 말했다.

"돈이 있어야 사지."

"여자를 품을 돈은 있고?"

"여자를 돈으로 품나, 가슴으로 품지."

"여자는 자네 품속에 있는 전낭에 더 관심있을걸."

"개털 된 지 오래야."

"자제해. 그렇게 씨를 뿌려대다간 늙어서 골치 아파져."

"교주처럼?"

"너……!"

장벽산의 눈썹이 사납게 뻗쳤다.

눈동자에선 시퍼런 살광이 넘실넘실 흘러나왔다.

"그래도 사부라고 욕하는 건 싫나 보지?"

"한 번만 더 그 주둥아리 놀리면…… 죽인다."

"교주라는 작자가 돼지새끼처럼 제자를 줄줄이 싸질러 놓는 바람에 천여 명이 죽거나 실종됐어. 지금 네 모가지 밑에까지 칼이 들어와 있다는 건 알고 있어? 정신 차려. 나보다 네가 먼저 죽어."

"다시는 너를 만나러 오지 않겠다."

장벽산이 벌떡 일어났다.

그 순간, 문이 드르륵 열리며 아리따운 기녀들이 상다리가 휘어지도록 음식을 차려왔다. 그중 하나, 장벽산의 시선을 끄는 것이 있었다. 노린내를 물씬 풍기는 꿩고기다. 털만 대충 뽑고 막불에 그슬린 꿩은 지난날 장벽산이 그와 함께 즐겨 먹던 음식이다.

기녀가 나간 지 불과 반 각이 채 되질 않았다.

그 짧은 시간에 꿩을 사냥해 구웠을 리 없으니 미리 만들어놓은 게 분명했다. 자신이 올 줄을 어떻게 알고…….

'귀신같은 놈.'

"제삿밥이라고 생각하고 먹고 가."

"말을 해도…….."

장벽산이 눈썹을 꺾으며 그를 돌아보았다.

입가엔 은근한 미소가 걸리고 있었다.

"혈랑삼대(血狼三隊)가 일곱째의 수중에 떨어진 것 같아."

장벽산이 사내의 술잔에 술을 따르며 말했다.

"그걸 이제 알았다고? 비천을 손에 넣고도 소식이 그렇게 깜깜하니 새까만 칠공자 따위에게 수모를 당할밖에."

사내가 술잔을 단숨에 비우며 말했다.

"아는 거라도 있어?"

"어젯밤 사루(四樓), 칠당(七堂), 육대(六隊), 오원(五園)의 수장들이 선루(船樓)에서 은밀히 회합을 가졌다. 수장들의 회합이고 보면 이미 아랫것들끼리 물밑에서 조율을 마친 연후에 결의를 다지려는 자리였을 거야."

장벽산은 쓸쓸하게 웃었다.

놀랍다기보다는 이미 알고 있었던 내용을 재확인하는 데서 오는 쓸쓸함이었다.

"알고 있었군. 그런데도 손을 쓰지 않았단 말이야?"

"너무 늦었더라고."

"넌 생각이 너무 많아. 칠공자는 주도면밀한 것 같아도 때가 무르익었다고 판단되면 거침없이 돌진할 줄도 아는 부류야. 네가 칠공자를 이길 수 없는 이유지."

장벽산의 눈동자가 침잠하게 가라앉았다.

다른 곳은 다 제쳐 두고서라도 오원은 그의 사람들이다. 팔마궁의 궁주들에 버금가는 권세를 누리며 신궁의 대소사를 지휘하던 다섯 명의 원로. 벼락이 떨어져도 눈 하나 깜짝하지 않을 대쪽 같은 노신들이 칠공자 쪽으로 붙은 것이다.

이유가 뭘까?

무릇 사람이란 이기는 쪽에 몸담고 싶은 것이 인지상정. 오원은 칠공자에게 승산이 있다고 판단한 모양이다. 하면 그런 판단을 내린 이유는 무엇일까?

팔마궁 때문이다.

"세상인심 참 고약하더라고."

"네가 사람을 보는 안목이 없는 거지."

"말을 말자. 네게 위로를 기대했던 내가 멍청했다."

"그거 알아? 팔마궁 중 한 곳만 역심을 품었어도 왕좌의 전쟁은 십봉룡만의 것이 아니었을 거야."

십봉룡이 신궁을 두고 싸울 때 칠공자는 바깥으로 시선을 돌렸다. 그가 목표로 한 것은 팔대마왕(八大魔王)이 사는 팔마궁이었다. 그는 장차 팔마궁의 뒤를 이을 소룡들과 어울려 다니며 그들의 마음을 사로잡았고, 신임을 얻었으며, 종래에는 마왕들의 지지까지 이끌어냈다.

십봉룡이 팔마궁에 손을 내밀지 않은 것은 아니지만 칠공자가 장장 십 년간이나 공들여 쌓아온 견고한 성벽을 뚫을 수가 없었다. 뒤늦게 잘못되었다는 걸 깨달았을 때는 이미 칠공자의 반격이 시작된 후였다.

"십이지천을 손에 넣고도 지게 될 줄은 몰랐군."

"팔마궁엔 십이지천에 육박하는 힘이 하나씩 있다."

"하지만 그들에겐 네가 없지."

"너 역시 한 번도 나를 쓰지 않았잖아."

사내는 십이지천 바깥의 인물이었다.

그의 존재를 아는 사람은 장벽산과 신무광이 유일했다. 신궁에서조차도 장벽산이 울적할 때마다 가끔 바깥에서 만나는 미지의 존재가 있다는 정도만 짐작할 뿐 그가 누군지, 어떤 힘을 지녔는지, 심지어 장벽산과 어떤 관계인지조차 몰랐다.

"만약 너와 내가 입장이 바뀌었다면 어땠을까?"

"취했군."

사내의 입에서 서늘한 음성이 흘러나왔다.

가늘게 열린 눈동자에도 막강한 살광이 맺혔다.

"그렇게 잡아먹을 듯한 눈으로 노려보지 말라고. 설혹 네가 원했다고 해도 난 빼앗기지 않았을 테니까."

"그렇게 생각해?"

"우리의 승부는 끝나지 않은 걸로 아는데."

"끝났어."

"무승부가 아니었던가?"

"보나마나 내가 이길 거니까."

장벽산과 사내는 평생 아흔아홉 번을 싸웠고 아흔아홉 번 모두 승부를 내지 못했다.

장벽산은 피식 웃더니 말했다.

"부탁이 있어서 왔다."

"명령이겠지."

"부탁이다."

"됐고. 팔마왕, 만박노사, 오원의 원주들 아니면 칠공자? 어느 쪽을 죽여줄까?"

"고르는 대로 죽여줄 수는 있고?"

"팔마왕은 삼 할, 만박노사는 사 할, 오원의 원주들은 오 할, 칠공자는 일 할. 골라봐. 마지막 선물이니까."

"일곱 째는 일 할이 안 되는군."

"신무광에 육박하는 초절정 검사 일곱 명이 열흘 전부터 십보 안에서 신형을 감춘 채 따르고 있다. 그들을 뚫고 그들보다 강한 칠공자를 죽여야 해. 일 할도 나니까 가능한 거야."

무림을 통틀어 가장 강한 사람이 누굴까?

당연히 혼마다.

무려 육십 년 동안이나 최강의 인간으로 군림해 온 그를 이길 수 있는 사람은 단연코 하늘 아래 없었다.

하지만 그는 이미 죽었다.

혼마를 제외하면 팔마궁의 궁주들이 가장 강하다.

혼마와 젊은 시절부터 고락을 함께하며 무림의 역사를 새로 쓴 그들은 이미 무신(武神)의 반열에 오른 초유의 고수들이다.

그들 중 두 명이 협공을 하면 혼마와 백중세를 이루고, 세 명이 협공하면 혼마를 죽일 수 있다는 말이 나올 지경이었다. 오죽하면 반역을 두려워한 혼마가 외궁을 지어주고 밖으로 내쫓았을까.

혼마가 죽은 지금 팔마궁의 궁주들은 하늘 아래 최강의 인간들이었다. 그들 여덟 명의 무공은 백중세인지라 우열을 논하는 것이 불가능했다.

다음엔 십봉룡이 있다.

혼마가 대륙을 이 잡듯이 뒤져서 모은 스물일곱 명의 기재,

그중 죽고 죽이는 살벌한 전쟁에서 살아남은 열 명의 무인이 팔마궁의 궁주들에 이어 두 번째 자리를 차지한다.

혼마는 제자들에게 오십 종의 마도 절예 외에 각각 하나씩의 절기를 전수해 주었으니 일천 년 마도 역사상 가장 강한 스물일곱 개의 비학이 그것이었다.

비학 간의 우열은 없다.

누구든 자신이 전수받은 것을 극성으로 익히면 무적이 될 수 있었다. 오직 개개인의 노력과 자질에 달린 것이다.

삼공자와 칠공자가 그것을 증명했다.

현재 그들의 무공 수위는 십봉룡의 선두를 다투고, 팔마궁의 궁주들과도 어깨를 나란히 할 정도다.

"나라면 칠공자를 택하겠다. 만에 하나 성공한다면 넌 지존이 될 수 있다."

"그렇게 말하니 정말 갈등되잖아."

"빨리 골라. 오줌보가 터질 것 같단 말이야."

시간이 없다는 뜻이다.

지금쯤 적들은 이 치열한 전쟁에 종지부를 찍을 대공세를 위해 틈을 엿보고 있을 것이다. 장벽산이 서둘러 결심을 하지 않으면 그나마 마지막 반격의 기회조차 없다는 뜻이다.

장벽산의 눈동자에 횃불이 일렁이기 시작했다.

그건 큰 결정을 앞둘 때마다 그가 보이는 일종의 습관이었다. 그 갈등에 사내가 다시 한 번 불을 지폈다.

"판을 깨는 방법도 있다."

"......?"

"사흘 후면 교주의 삼 년 탈상제(脫喪祭)를 치르는 날이다. 십봉룡과 팔마왕을 비롯해 수백의 마군들이 무신총(武神塚)에 모이겠지. 혈검조(血劍組)의 고수 삼백을 매복시켜 둔 다음 빗장을 걸어 잠그고 마지막 한 명이 남을 때까지 싸우는 거다. 단언컨대 십봉룡과 팔마왕, 그리고 오원의 원로들만큼은 성한 몸으로 나올 수 없을 것이다. 대신 판은 깨지지. 어때, 생각 있니?"

무신총은 혼마가 잠들어 있는 지하 궁전이다.

혼세신교는 죽음을 삶의 이형태(異形態)로 본다. 때문에 무신총에는 생전에 혼마가 거주하던 곳과 똑같은 환경을 만들어놓았음은 물론 그의 손때가 묻은 부장품들도 함께 묻혀 있다.

혈검조는 장벽산이 가진 살수 조직으로 조원 모두가 선천적인 맹인검수들로만 구성되었다. 태어날 때부터 어둠을 벗하고 산데다 살수의 비기까지 극성으로 익힌 그들이 칠흑 같은 어둠 속에서 칼질을 하고 다니면 어떤 일이 벌어질지 상상조차 할 수 없다.

혈검조의 전멸을 각오한다고 했을 때 동이 틀 무렵이면 십봉룡도, 팔마왕도, 오원의 원로들도 팔다리 중 하나는 잃고야 말 것이다.

하지만 교주의 탈상제를 치르는 날 그의 혼백 앞에서 제자들끼리 골육상전(骨肉相戰)을 벌일 수는 없는 노릇이다. 그건 그야말로 기사멸조(欺師滅祖)의 죄, 신교의 근간을 뒤흔드는 동귀어진의 수법이자 사내의 말대로 판을 아예 깨버리는 짓이다.

"내가 원하는 건 전복이 아니라 지존의 자리다."

"내가 혈검조를 이끌겠다. 성공하면 우리의 승부도 내가 이긴 거야."

"취한 건 내가 아니라 자네로군."

장벽산은 술잔을 비운 후 탁 내려놓으며 말을 이었다.

"여자가 있다."

"뭐?"

"내 아이를 가졌는데 놈들이 그걸 눈치챈 것 같아. 오늘 아침 일곱째의 명령을 받은 자객들이 신궁을 떠나 복건으로 향했다. 인질을 원하는 게 아냐. 그들은 여자를 죽일 거다."

"여자? 내가 모르는 여자가 있었다고?"

"네놈에게 들킬까 봐 조마조마했지."

"음흉한 놈. 그러면서 나를 놀렸단 말이야?"

"지켜줄 거지?"

사내는 술잔을 채우고 시원하게 꺾은 다음 물었다.

"후회하지 않겠나?"

많은 의미가 내포된 질문이다.

비록 확률은 낮을지언정 칠공자를 죽이면 권좌를 차지할 수 있다. 하지만 여자는 죽을 것이다. 여자를 구하면 권좌를 차지할 마지막 기회는 물거품이 되어버린다. 그리고 장벽산에게 확률은 중요치 않았다. 그는 언제나 불가능한 것들을 도전했다.

"미안하다, 어려운 부탁을 해서."

"웃기지 마. 이럴 때 써먹으려고 숨겨주고 먹여준 거 아냐? 내 병기들이나 돌려줘."

"그건 불가."

"네 여자를 맨손으로 지키란 말이야?"

"온몸이 흉기라고 떠벌릴 때는 언제고."

"돌려줘!"

"그것들까지 손에 쥐면 넌 또다시……."

순간, 사내의 눈동자에 녹광(綠光)이 맺혔다. 옷자락이 부풀어 오르고 산발한 머리카락이 물에 풀린 것처럼 넘실대기 시작했다.

장벽산도 지지 않고 사내를 노려보며 기세를 끌어올렸다. 좌중의 공기가 불길로 가득 찬 용광로처럼 뜨겁게 달아올랐다. 금방이라도 폭발할 것만 같은 일촉즉발의 순간, 바깥에서 신무광의 음성이 들려왔다.

"수상한 자들이 속속 모여들고 있습니다. 서두르지 않으시면 궁으로 돌아가는 길이 어려워질 겁니다."

장벽산은 앞에 놓인 술잔을 비우고 일어섰다.

팽팽하던 살기가 한 줌 안개처럼 흩어져 버렸다.

장벽산이 방을 나가기 직전 사내가 그를 불러 세웠다.

"벽산."

"……?"

"편안히 가라. 여자는 산다."

사내가 천천히 술잔에 술을 따랐다.

장벽산은 방을 나갔다.

아마도 이게 그와의 마지막일 것이다.

방을 나온 장벽산은 고개를 들어 하늘을 보았다.

북쪽 하늘에 북극성이 밝게 빛나고 있었다. 세상 모든 별은 바로 저 북극성을 중심으로 돈다.

하늘의 중심이자 천체의 지존인 별. 그도 북극성이 되고 싶었다. 하늘 아래 모든 무인이 그의 앞에서 무릎을 꿇는 절대자가 되고 싶었다.

오직 그것 하나만 보고 달려왔다.

그리고 지금 지존의 권좌는 손끝에 닿을 것처럼 가까워졌다. 하지만 여기서 한 걸음이 지난 몇십 년보다 더 어렵고 위험했다.

'편안히 가라고? 후후, 너다운 인사군.'

사내는 홀로 남은 방에서 술을 홀짝였다.

탁자 위에는 장벽산이 두고 간 종이가 놓여 있었다. 아마도 여자가 사는 곳이 적혀 있으리라. 사내는 마지막 술잔을 비운 후 종이를 집어 들었다. 이어 침상 밑에서 녹슨 철검 한 자루를 꺼내 들고 일어섰다.

"호시절 다 갔군."

*   *   *

복건성은 제비가 겨울을 나러 온다는 강남에서도 가장 남쪽에 자리한 땅이다. 강수량이 풍부하고 겨울에도 눈을 볼 수 없을 만큼 따뜻한 탓에 사철 수목이 울창한 산지가 많았다.

엽무백은 계곡을 따라 난 소로를 걷고 있었다. 기암괴석과 어우러진 주위의 풍경을 보자니 흡사 요괴라도 살 것 같았다.

'이런 곳에 목옥(木屋)이 있다고?'

장벽산이 준 지도엔 하문(廈門)에 닿기 전 쌍둥이처럼 생긴 바위산 사이로 난 골짜기 깊은 곳에 그녀가 사는 목옥이 있다고 했다.

하지만 계곡을 타고 제법 깊숙한 곳까지 올라왔는데도 불구하고 목옥은 보이지 않았다. 근처 어디를 살펴도 목옥이 들어설 만한 지세도 아니었다.

그래도 물은 좋았다.

명경처럼 맑게 흐르는 계곡에 몸을 던지고 싶은 충동을 억제하며 엽무백은 길을 재촉했다.

장벽산은 어떻게 되었을까?

엽무백의 예상이 틀리지 않았다면 자신이 신도를 떠나온 날을 기점으로 사흘 이내에 분명 전쟁이 일어났을 것이다.

살아남은 자는 모든 걸 손에 쥐겠지만 죽은 자는 흙으로 돌아가야 한다. 그가 선택한 길이었기에 안타까운 마음은 없었다. 무인이란 언제나 죽음을 벗하며 사는 존재가 아닌가.

아직까지 장벽산의 여자를 죽이러 온 자객의 흔적은 없었다. 그들 역시 온 산을 뒤지는 중일 수도 있고, 아니면 아직 도착하지 않았을 수도 있다.

엽무백은 후자라고 생각했다.

사흘 밤낮을 쉬지 않고 달렸으니 반나절 정도의 거리를 추월하는 것은 그에게 일도 아니었다.

그 순간, 우연히 돌아본 좌측의 숲 깊은 곳에 검은 그림자가 하나 보였다. 우거진 나뭇가지에 가려져 자칫 놓칠 뻔한 그것은 분명 목옥이었다.

'정말로 있어.'

엽무백은 길에서 벗어나 한달음에 목옥으로 달려갔다. 목옥으로 들어가기 직전 주변의 흔적을 살폈음은 물론이다.

역시 무인의 것으로 짐작되는 발자국은 없었다.

한데 왜 주인의 발자국조차 없는 것일까?

마당엔 사람의 손길이 오랫동안 닿지 않은 것처럼 잡초가 무성했다. 산짐승을 막기 위한 울타리는 겨우 흔적만 남았고, 목옥도 낡을 대로 낡아 폐가나 다름없었다.

무언가 이상했다.

마당으로 들어선 엽무백은 하나밖에 없는 문을 열었다. 거미줄이 어지럽게 쳐진 가운데 하나의 공간이 보였다. 통나무를 우물 정(井) 자로 쌓아올린 다음 기둥 몇 개를 세워놓은 게 구조물의 전부였다.

한쪽 가득히 쌓인 건초와 어디서 떨어졌는지 모를 판자 쪼가리도 보였다. 목옥은 집이라기보다는 창고에 가까웠다.

엽무백은 지도를 꺼내 살펴보았다.

아무리 봐도 이 목옥이 맞다.

장벽산이 거짓말을 할 리 없으니 여자는 이곳에서 살거나 혹은 살았을 것이다.

그때 건초 더미 사이로 시커먼 물건이 보였다.

붉은 수실이며 가죽을 감은 손잡이가 분명 어떤 물건을 연상시켰다.

'검?'

엽무백은 건초더미를 헤쳤다.

바닥에 깊숙이 박힌 검이 나타났다.

검파를 잡고 힘껏 뽑았다.

오 척에 이를 정도의 장검이 모습을 드러냈다.

그 순간, 바닥에 미세한 진동이 느껴졌다.

'기관!'

파앙!

격보(隔步), 엽무백은 발끝으로 바닥을 박차며 벼락처럼 솟구쳤다. 하지만 바닥이 꺼지면서 발끝에 걸리는 힘이 미약했다. 덕분에 도약의 거리도 높지 않았다.

쿠쿵!

굉음과 함께 바닥이 통째로 사라져 버렸다.

엽무백은 찰나의 순간 체공(滯空)에서 빠르게 주변을 훑었다. 괴물의 아가리처럼 입을 쩍 벌린 바닥엔 번쩍이는 창날과 단검이 발가락 하나 찍을 틈도 없이 빽빽하게 꽂혀 있었다.

큰일 났다.

바닥이 꺼지지 않았다면 잠시나마 체공(滯空) 상태를 유지하는 것도 어렵지 않다. 그 틈에 활로를 모색할 수 있을 것이다. 하지만 충분한 도약력을 얻지 못한 지금은 본능적인 움직임에 맡길 수밖에 없었다.

엽무백은 탄자비(彈子飛)의 수법을 발휘, 몸을 맹렬하게 비틀어 체공을 연장한 다음 기둥을 힘차게 박찼다. 약간의 반동을 얻어 그 힘으로 벽을 뚫고 나가는 것이 목표다.

하지만 그의 예상은 보기 좋게 빗나갔다.

픽! 소리와 함께 기둥이 터져 나가 버린 것이다.

그와 동시에 양쪽 벽체로부터 수백 발의 화살이 쏟아져 왔다. 아래는 창날과 단검, 좌우는 화살, 거기에 중력까지. 그야 말로 백척간두의 상황. 엽무백은 신형을 벼락처럼 비틀어 체공 상태를 조금이라도 오래 유지하는 한편 등허리에서 철검을 뽑아 사방으로 후려쳤다.

따따따따따따따땅!

콩 볶는 소리와 함께 화살들이 튕겨 나갔다.

작은 화살을 한꺼번에 튕겨냄으로써 반동력을 검신에 모은 엽무백은 다시 한 번 몸을 비틀며 좌측의 벽을 향해 손을 뻗어갔다. 그 순간, 이번엔 바닥에서 창날이 솟구쳤다.

"빌어먹을!"

뻗었던 손을 회수하며 아래를 향해 검을 난상으로 휘둘렀다.

따따따따따따땅!

다시 한 번 콩 볶는 소리가 요란하게 터지며 수십 개의 창이 튕겨 나갔다. 창이 사라졌지만 바닥엔 여전히 거꾸로 박힌 단검 밭이었다. 저곳으로 떨어진다면 발바닥이 남아나지 않으리라.

천만다행으로 창은 화살보다 묵직했다. 그 반동을 이용해 밖으로 튕겨 나가려는 엽무백을 향해 이번엔 커다란 강철 그물이 떨어져 내렸다. 사각에 머리통만 한 납덩이를 달아 무서운 속도로 떨어지는 그물을 보는 순간 엽무백의 머릿속에 번개처럼 스쳐 가는 이름이 있었다.

'중망쇄금진(重網鎖金陣)!'

언제 누구로부터 창안되었는지는 모른다.

삼백 년 전 세상에 처음 등장한 이래 단 한 번도 파해된 적이 없는 무적의 절진. 하지만 중망쇄금진은 이미 백여 년 전에 단맥되어 그 형체를 찾아볼 수 없다고 들었다. 역사의 뒤안길로 사라진 기관진식이 지금 이 순간 이곳에 왜 등장한단 말인가.

"갈!"

마지막 기회였다.

엽무백은 대갈일성을 터뜨리며 검을 휘둘렀다.

까라라랑!

검첨이 그물을 가르며 불꽃이 맹렬하게 튀었다. 하지만 그물은 꿈쩍도 하지 않았다. 오히려 그물코마다 매달려 있던 작은 철구들이 일제히 터지면서 요란한 폭음을 냈다.

빠빠빠빠빠빠빵!

엄청난 압력풍이 온몸을 두들기며 엽무백을 아래로 짓눌렀다. 늑대를 피하려다 오히려 범을 만난 격. 절체절명의 위기를 느낀 엽무백은 폭발하는 그물을 덥석 잡았다. 동시에 맹렬한 속도로 잡아당기며 그 반동을 이용해 반대쪽으로 몸을 날렸다. 이 모든 것이 그야말로 찰나의 순간에 벌어진 일들이다.

펑!

요란한 굉음과 함께 벽이 터져 나가며 건물이 와르르 무너졌다. 가까스로 목옥의 반대편 벽을 뚫고 나온 엽무백은 바닥을 굴러 충격을 완화했다. 그때쯤엔 머리 위에서 정체를 알수 없는 묵직한 기운이 쇄도하고 있었다. 엽무백은 몸을 일으킬 겨를도 없이 천중(天中)을 향해 발작적으로 검을 휘둘렀다.

촤악!

검이 가른 것은 허공에서 쏟아지는 물이었다.

촤아아악!

헛되이 물을 벤 엽무백의 머리 위로 흙탕물이 흠뻑 쏟아졌다. 한차례 물벼락을 맞은 후에 눈을 떠보니 높다란 나무 위에 매달린 물장군이 남은 물을 졸졸 흘리고 있었다.

"……!"

시간이 그대로 멈추었다.

이 무슨 개 같은 경우란 말인가.

무시무시한 중망쇄금진을 가까스로 벗어난 끝에 맞이한 것이 물벼락이라니. 그러다 문득 이상한 생각이 들었다. 목옥의 사방 벽 중 하필 이곳으로 빠져나올 거라는 걸 어떻게 알고 저런 걸 설치했을까. 이는 엽무백의 무공과 습관을 뼛속까지 알고 있지 않으면 불가능하다.

'나를 잘 아는 놈이다!'

그 순간, 목덜미가 따끔했다.

재빨리 목덜미에 붙은 것을 떼보니 손가락만 한 거머리가 꾸물대고 있었다. 발아래는 이런 거머리 수십 마리가 꿈틀대고 있었다. 아마도 물과 함께 쏟아진 모양이다.

한데 거머리의 색깔이 좀 이상했다. 보통의 거머리가 검붉은 빛을 띠는 데 반해 이놈은 그야말로 새까만 먹빛이었다.

'지룡포질(池龍疱蛭)!'

놈의 정체를 알아차리기가 무섭게 아찔한 현기증이 느껴진다 싶더니 진기가 무섭게 빠져나가기 시작했다. 엽무백은 서둘러 가부좌를 틀고 앉아 운공을 시작했다. 하지만 마치 제방이 터진 것처럼 무서운 속도로 빠져나가는 진기를 막을 방도가 없었다.

만독불침지체는 아니지만 백독불침지체 정도는 된다고 자부했다. 범위를 확장해 중독되었을 경우 최소한 통제할 수 있는 독까지 합하면 천독불침지체는 되었다. 한데 지룡포질의 독은 내공으로도 통제할 수가 없는 괴독 중의 괴독이었다.

목숨에는 지장이 없다.

다만 진기가 급속도로 빠져나가면서 근력도 약해지게 된다. 그 상태로 일 년 정도 지나면 저절로 회복도 된다. 한마디로 상대를 죽이기 위한 것이 아닌 무력화시키기 위한 절독이었다.

물벼락에 이어 지룡포질까지.

도대체 누굴까?

죽이지도 않을 거면서 이렇게 치사한 기관진을 설치한 사람은. 그때 어디선가 손바닥만 한 유지(油紙) 한 장이 팔랑팔랑 날아와 엽무백의 볼에 딱 붙었다. 엽무백은 손으로 유지를 떼서 읽기 시작했다.

이로써 마지막 승부는 나의 완승인가?

그럴 리도 없겠지만 행여나 복수를 하겠답시고 인생을 허비하지 말게. 처음 그분의 제자가 될 때부터 각오했던 일이고, 한평생 원없이 야망을 불태우다 가네. 뒷면에 새겨진 그림은 대륙 곳곳에 숨겨둔 보물지도라네. 그동안 자네 밑구녕에 들어간 돈을 생각하면 한 냥도 아깝지만, 그간의 정리를 생각해서 한밑천 챙겨주는 것이니 강호나 주유하며 탱자탱자 살게나.

벽산으로부터.

第二章 도주(逃走)

장벽산은 알고 있었던 것이다.

　전투가 벌어지면 엽무백이 가장 앞에서 싸워줄 것임을, 그래서 결국엔 함께 저승으로 가게 될 것임을. 때문에 있지도 않은 여자를 지켜달라며 이 먼 곳으로 보낸 것이다.

　독을 쓴 것은 함부로 돌아다니다 날벼락 맞지 말고 심산에 숨어 지내라는 뜻이다. 일 년 정도 정양을 하면서 복수라는 것이 얼마나 부질없는 짓인지 상황을 냉철하게 보라는 뜻이다.

　그의 여자를 지키기 위해 쉬지 않고 달려온 길이 결국엔 제 목숨을 구하기 위해 도주한 길이 되어버렸다.

"이런 빌어먹을 자식!"

엽무백이 유지를 와락 구겼다.

정말 빌어먹을 인간이지 않은가. 혼자만 멋진 척하고 죽어 버리면 남은 사람은 어쩌란 말인가. 엽무백은 온몸의 피가 부글부글 끓어오르는 것 같았다.

그 순간, 엽무백은 눈동자를 빛냈다.

재빨리 납작 엎드려 땅바닥에 귀를 대고는 천리지청술(千里支聽術)을 펼쳤다.

두두두두!

말발굽 소리다.

숫자는 다섯 필. 좁은 소로를 일렬로 달리면서도 한 점 흐트러짐 없는 것이 좀처럼 보기 어려운 상승의 기마술이다. 소리는 목옥을 향해 달려오고 있었다.

필시 폭발음을 듣고 달려온 것이리라.

중요한 건 그들이 누구냐는 것이다.

그들이 누구이든 지금 상황에서 마주쳐 봐야 하등 좋을 게 없었다. 엽무백은 목옥이 내려다보이는 위쪽 풀숲으로 신형을 쏘았다. 동시에 고도의 은신술을 펼쳐 기척과 체취를 완벽하게 감췄다.

잠시 후, 저만치 계곡 옆으로 난 소로에 말 다섯 필이 나타났다. 그들은 마치 처음부터 목표로 했다는 듯한 점 망설임도 없이 목옥 쪽으로 방향을 꺾었다.

나뭇가지가 우거지고 경사가 가파른 숲을 말을 탄 채 달리는데도 평지만큼이나 민첩하고 빨랐다.

'고수들이다!'

이윽고 목옥 앞에 멈추었을 때 괴인들이 말에서 훌쩍 뛰어내렸다. 죽립을 깊게 눌러쓴 바람에 얼굴을 볼 수는 없었다. 다만 흑의 무복을 입고 귀두도(鬼頭刀)를 허리에 찼는데 붉은 수실이 흔들릴 때마다 오싹한 한기를 뿜어냈다.

괴인들은 약속이나 한 듯 무너진 목옥을 살피기 시작했다. 잔해를 무삭성 건드리지 않고 천천히 걸음을 옮겨가며 이리저리 살피는 모습이 신중하기 짝이 없다.

저 목옥은 장벽산이 엽무백을 골탕먹이기 위해 만든 절진이다. 당연히 장벽산이 말한 여자는 없었고, 신궁에서 여자를 죽이기 위해 사람을 파견했을 리도 없다.

그렇다면 저들은 도대체 누구인가.

왜 목옥을 살피는 것인가.

극도로 신중한 태도로 보아 근처를 지나다 폭발 소리를 듣고 호기심에 찾아온 무림인들도 아니었다. 그럴 확률은 처음부터 지극히 낮았다. 엽무백은 자신의 뒤를 추적해 온 자들이라는 걸 직감적으로 알아차렸다.

여기서 또 의문이 생겼다.

자신이 신도를 떠났다는 걸 어떻게 알았을까?

문득 저들이 진작부터 자신의 소재를 대략적이나마 파악

하고 포위망을 좁혀오고 있었던 건 아닐까 하는 생각이 들었다.

'그래서 장벽산이 서둘러……!'

아마도 그런 것 같았다.

여자를 구하겠다는 생각에 족적에 신경을 쓰지 않고 달린 것이 실수라면 실수였다.

그래도 여전히 이해가 되지 않는 것이 있었다.

신궁에서 이곳까지는 물경 이천오백 리가 넘는 길. 그 먼 길을 어떻게 이토록 빠른 속도로 추격해 올 수 있다는 말인가. 십봉룡이나 팔마궁의 궁주들이 직접 나선다고 해도 그건 불가능했다. 그 순간, 엽무백은 두목인 듯한 사내의 손등에 새겨진 푸른 뱀 문신을 발견했다.

'산동오살(山東五殺)!'

산동성 출신으로 추적과 암살에 관한 한 천하제일좌를 다투는 다섯 명의 살인마다. 무공 수위는 절정, 개개인만으로도 적수를 찾기 어려운데 다섯이 힘을 합치면 무적이라고 자부할 정도다.

산동오살이라면 이토록 빨리 추격해 오는 것이 가능했다.

'산동오살까지 동원하다니, 나를 꽤 높이 평가했군.'

분명 칠공자의 교지(敎旨)가 있었을 것이다.

작은 것 하나도 놓치지 않는 칠공자의 결벽적이고 날카로운 감각을 보는 것 같았다. 하긴 어린 시절부터 속내를 숨기고 대계를 준비해 온 무서운 인간이 아닌가. 어쩌면 장벽산은 처음부터 칠공자의 상대가 되지 않았는지도 모르겠다.

그때 놈들이 목옥 살피는 일을 멈추고 한곳에 모였다.

대화는 목옥을 살폈던 네 명이 일살로 보이는 자에게 보고를 하는 식으로 시작되었다.

"놈이 다녀갔습니다."

"평범한 모옥이 아닌 듯한데."

"믿기지 않지만 아무래도 중망쇄금진인 듯합니다."

"중망쇄금진?"

일살의 목소리가 가늘게 떨렸다.

그 역시도 중망쇄금진이 출현한 것에 대해 적잖이 놀란 모양이다.

"중망쇄금진을 뚫고 달아났단 말이지. 중망쇄금진을……."

"그것보다 우리 말고도 놈을 노리는 자들이 있는 것 같습니다."

"이해를 할 수가 없군. 발자국은?"

"끊어졌습니다."

"끊어졌습니다."

폭발음이 울린 게 반 각 전이다.

그사이 도주를 했다고 해도 거리에 한계가 있다. 일살은 그 점을 놓치지 않았다. 그가 손가락 끝으로 죽립을 슬쩍 들어

올리고 사방 숲을 쓸어 보았다.

그 순간 그의 얼굴이 백일하에 드러났다.

쉰 살이나 되었을까?

잿빛 살광을 뿌리는 양안을 가까스로 비껴서 가로지른 칼
자국이 흉악스럽기 짝이 없다.

"어디선가 우리를 지켜보고 있다."

말이 끝나기가 무섭게 일살이 말에 올랐다. 나머지 네 명도
번개처럼 말에 오르더니 달리 명령이 떨어지기도 전에 방향
을 나누어 숲을 질주하기 시작했다.

지축이 울리고 나뭇가지가 사방으로 흔들렸다.

엽무백은 남쪽으로 달렸다.

딱히 목적지가 있는 것은 아니었다. 현재로선 신궁에서 멀
수록 좋다는 판단이었고, 그렇다면 남쪽이었다.

이번엔 족적을 남기는 실수 따윈 하지 않았다.

은신과 잠행에 관한 한 엽무백 역시 둘째가라면 서러운 고
수였고, 울창하고 넓은 산중에서 산동오살을 피하는 것쯤은
어렵지 않았다.

문제는 진기였다.

진기가 빠져나가는 속도를 조금이라도 늦추기 위해 검을
버렸다. 만에 하나 산동오살과 조우할 경우도 생각했지만 지
금 상태에서는 검이 있고 없고는 승부에 영향을 주지 않는다

고 판단했다.

하지만 그런 노력에도 불구하고 불과 두 시진이 채 걸리지 않아 마지막 남은 한 줌의 진기마저 고갈되어 버렸다.

지금부터는 아주 신중해야 했다.

첫 번째 문제는 적들이 가까이 다가와도 기척을 느낄 수가 없다는 것이다. 그건 치명적인 문제였다. 도주를 하는 길이 오히려 적의 포위망 속으로 뛰어드는 격이 될 수도 있기 때문이다.

두 번째 문제는 족적을 감출 수가 없다는 점이다.

유령비조공(幽靈飛鳥功)은 지면에서 발산되는 기운과 경력의 충돌로 얻은 반동으로 도약하는 원리인데 진기가 고갈되면서 지면의 기운을 감지할 수도 없고 경력을 방출할 수도 없다.

세 번째 문제는 근육의 경화였다.

무인의 근육은 고양이처럼 질기고 탄력적이다. 진기와 더불어 탄력적인 근육이 범인으로서는 상상도 할 수 없는 속도를 만들어낸다.

한데 독성이 퍼지면서 근육의 탄력이 점점 죽어갔다. 돌덩이처럼 굳지는 않겠지만 시간이 흐르면 보통 사람 이상의 힘과 속도를 낼 수 없게 될 것이다.

방법은 오로지 동물적인 감각에 의존해 주위를 살피고 돌과 바위를 밟으면서 이동하는 것뿐이었다.

때마침 바위산이 나타났다.

엽무백은 일단 바위만 밟으며 산허리를 가로질러 갔다. 거기서 잠깐 땅을 밟았고, 이후 나타난 계곡으로 들어가 속도를 높였다.

땀이 비 오듯 흘렀다.

사지의 근육이 극심한 피로를 호소해 왔다.

진기가 사라진 데 이어 근육의 경화까지 시작되면서 피로의 속도가 배로 빨라진 것이다. 평생 마차를 타던 사람이 말을 타면 불편해서 견딜 수 없는 것과 같은 이치였다.

달리는 와중에 생각해 보니 지금의 상황이 어이가 없었다. 장벽산은 심산에 숨어 지내라는 뜻으로 지룡포질을 썼지만, 오히려 그것 때문에 엽무백은 도망 다니는 처지가 되지 않았는가.

아니다. 그게 아니다.

장벽산은 어쩌면 이런 상황까지 계산했는지도 모르겠다. 중독되질 않았다면 천하의 산동오살이라고 해도 도망치지 않았을 테고, 엽무백은 산동오살을 처참하게 죽임으로써 자신의 존재를 세상에 드러냈을 것이다.

그때부턴 신궁의 집중적인 추격을 받게 된다.

장벽산이 이따금 찾아가 함께 술을 마시던 미지의 존재에서 반드시 제거해야 할 위험한 존재가 되는 것이다.

'음흉한 놈.'

엽무백은 무려 반나절을 쉬지 않고 꼬박 달렸다. 숨이 턱 밑까지 차올랐고 심장은 터지기 일보 직전이 되어서야 그는 겨우 속도를 줄였다. 진기가 고갈되었다는 걸 고려하면 이만큼 달린 것도 기적이었다.

이만하면 산동오살도 어느 정도 따돌렸을 것이다. 이십 리에 산 대여섯 개 정도는 차이가 날 테니 반나절 정도는 벌었다고 볼 수 있었다.

이제는 보다 넓게 생각을 해야 한다.

어떻게 산동오살의 눈을 속이고 어디로 갈 것인가.

그런 생각을 하며 구불구불 이어진 계곡의 모퉁이를 도는 순간 엽무백은 걸음을 우뚝 멈췄다. 모퉁이를 돌자마자 일단의 무리와 맞닥뜨렸기 때문이다.

거칠고 사나운 기도를 풍기는 사내들이 계곡 양쪽에서 말에게 물을 먹이고 있었다. 근처엔 그들이 풀어놓은 것으로 보이는 도검이 널려 있고, 다시 약간 떨어진 곳엔 십여 명의 남녀노소가 밧줄에 꽁꽁 묶인 채 서 있었다.

정체를 알 수 없는 무인들이 양민들을 어디론가 끌고 가다 계곡을 만나자 말에게 물을 먹이기 위해 잠시 멈춘 것이 지금의 풍경이었다.

잠시 시간이 그대로 멈추었다.

"뭐 하는 자인가?"

문사풍의 청건을 쓴 자가 침묵을 깼다.

눈이 번쩍 뜨일 정도로 잘생긴 미공자였는데 눈동자에서 흘러나오는 한 가닥 한기가 무척이나 음험한 인상을 주었다. 전신에서 풍기는 위엄으로 보아 그가 무리의 우두머리인 듯했다.

"약초를 캐던 중에 길을 잃고 헤매는 중이오."

"약초꾼이 길을 잃어?"

"범을 보고 놀라 망태기도 버리고 도망가는 중이었소."

엽무백은 시치미를 뚝 뗐다.

잡다한 병기와 거칠고 사나운 기도로 보아 아마도 도적떼인 것 같았다. 예전이었다면 눈 하나 깜짝하지 않을 인생들이었지만 지금은 몸을 사려야 했다.

생각하면 생각할수록 장벽산이 괘씸하다.

청건의 사내는 무슨 생각에선지 피식 웃었다.

이어 수하로 보이는 자들을 돌아보며 말했다.

"수상한 놈이다. 포박하라."

"옛!"

세 명이 엽무백을 에워쌌다.

한 놈이 득달같이 달려들었다.

진기가 고갈되었다고는 하나 초식까지 잊은 건 아니다. 엽무백은 물러나는 척하면서 주먹을 힘껏 내질렀다.

근육의 경화로 주먹의 속도가 나지 않았다. 이런 상태로는 왈짜들도 상대할 수 없으리라. 아니나 다를까, 선두에서 달려들던 자의 상체가 벼락처럼 꺾였다.

'철판교(鐵板橋)!'

일수는 일틈을 허용한다.

엽무백의 복부가 비는 순간 왼쪽에서 번개같은 주먹이 날아왔다. 닿기도 전에 바람부터 일으키는 것이 여간 강맹하지 않았다. 엽무백은 한 발을 뒤로 빼는 간단한 동작으로, 하지만 아슬아슬하게 주먹을 흘려보냈다.

그 순간,

쒜액!

날카로운 파공성이 들린다 싶더니 등짝에서 화끈한 불 맛이 느껴졌다. 황급히 돌아보니 대갈빡에 전갈 문신을 한 장한이 채찍을 휘두르고 있었다. 채찍은 수면을 스친 후 또다시 엽무백을 향했다.

엽무백은 왼손을 바깥으로 휘두르며 채찍을 손목에 감았다. 동시에 사력을 다해 채찍을 잡아당겼다. 한순간 채찍이 팽팽해졌다.

그때 후방에서 벼룩처럼 튀어 오른 놈이 왼발을 쭉 뻗었다. 바람을 가르는 소리가 예사롭지 않다 싶더니 퍽 소리와 함께 경추(頸椎)에 한 가닥 묵직한 힘이 전해졌다.

엽무백은 계곡물에 꼴사납게 처박혀 버렸다.

무인들 사이에서 와자지걸한 웃음보가 터졌다.

'미치겠군!'

엽무백은 인상을 구겼다.

방금 놈들이 펼친 권각술은 상당한 수련을 쌓은 고수의 그 것이었다. 생각했던 것과 달리 평범한 산적이 아닐 것이다. 그렇다고 해도 저런 졸자들에게 당해 계곡물에 얼굴을 처박다니, 실로 체면이 말이 아니었다.

그사이 전갈문신이 달려들어 엽무백을 밧줄로 꽁꽁 묶었다. 양손을 십(十) 자 모양으로 묶은 다음 그걸 다시 가랑이 사이로 넣어 등을 통해 목과 연결하는 식이었다.

엽무백으로서는 생소한 포박술이었는데 효과는 만점이었다. 입으로 밧줄을 풀기 위해 손을 올릴라 치면 목이 조여왔기 때문이다. 양손을 아래로 늘어뜨려야 했기 때문에 이 상태로는 뛸 수도 없었다.

그게 끝이 아니었다.

전갈문신은 옴짝달싹 못하게 묶은 엽무백을 아래쪽으로 끌고 가 계곡에 있는 다른 사람들과 함께 묶어버렸다. 이윽고 일을 끝마쳤을 때 청건의 사내가 말했다.

"가자."

엽무백은 이름도 모르는 자들에게 끌려가고 있었다.

그것도 다른 사람들과 함께 굴비처럼 엮여서.

하루 전이었다면 이깟 밧줄 따위 주먹 한 번 불끈 쥐는 것으로 간단하게 끊어버렸을 것이다. 하지만 진기를 잃고 나니

밧줄을 끊기는커녕 구불구불한 산길을 오르는 것만으로도 힘에 부쳤다.

힘든 건 다른 사람들도 마찬가지였다.

특히 칠순 가량의 노인은 몇 번을 쓰러졌다. 그때마다 육척 장신의 사내가 노인을 일으켜 부축해 갔다. 하지만 무인들은 단 한 번도 속도를 늦추지 않았다. 보다 못한 사내가 무인들을 향해 외쳤다.

"좀 쉬었다 갑시다."

무인들은 들은 척도 하지 않았다.

궁둥이를 씰룩거리는 말을 타고 태연히 제 갈 길만 갈 뿐이었다. 그들 중 가장 뒷줄에 있는 자가 말안장에 밧줄을 묶어 끌고 가는 터라 사람들은 쉴 수도 없었다.

"사흘 동안 아무것도 못 먹었단 말이오!"

사내가 버럭 소리를 질렀다.

엽무백은 이상한 생각이 들었다.

사내의 말에 따르면 이들은 사흘 전부터 저 괴인들에게 끌려가는 중이다. 사흘 동안 이 정도 강행군을 하면서 먹을 것조차 제대로 주지 않았다고?

그때 전갈문신이 힐끗 돌아보았다.

그는 말 머리를 돌려 사내에게로 다가오더니 바람처럼 채찍을 휘둘렀다. 이미 각오하고 있었다는 듯 사내는 등짝으로 채찍을 쩍쩍 맞으면서도 신음 한 번 내지르지 않았다. 비록

몸은 구타를 당하고 있지만 눈빛만은 펄펄 살아서 전갈문신을 찢어 죽일 듯 노려보았다.

사내 역시 평범한 양민이 아니었다.

저런 골기(骨氣)는 어떤 형태로든 수련을 하지 않은 사람에게서는 나올 수 있는 것이 아니다.

"이 새끼가 어디서 눈을 치뜨고 지랄이야!"

급기야 전갈문신이 말에서 훌쩍 뛰어내리더니 사내를 밟아대기 시작했다. 퍽퍽 소리가 요란하게 울리며 갑자기 이동이 멈추었다.

전갈문신의 구타는 사내가 눈빛을 거두고 얼굴이 피로 범벅이 되어서도 멈추질 않았다. 마치 이번 기회에 네놈의 기를 다스려 놓겠다는 듯 죽어라 두들겨 팼다.

보다 못한 엽무백이 슬쩍 발을 들어 전갈문신의 발등을 막았다. 몸무게를 실어 복부를 차려던 전갈문신이 순간적으로 중심을 잃고 앞으로 고꾸라졌다.

"이 자리에서 죽일 거 아니면 그만합시다."

"이런 미친 새끼!"

펄쩍 뛰어오른 전갈문신의 발이 허공을 갈랐다.

빽! 소리와 함께 가슴에 일격을 맞은 엽무백이 땅바닥에 나동그라졌다. 그 바람에 줄줄이 엮여 있던 다른 사람들까지 우르르 넘어지며 소란이 벌어졌다.

엽무백은 발딱 일어나려고 했다.

하지만 함께 묶여 있던 소년 때문에 다시 쓰러졌고, 엽무백이 쓰러지면서 다음 사람이, 또 다음 사람이 쓰러지며 우스운 광경이 연출되었다.

"이것들이 지랄 법석을 떠는구나."

전갈문신이 말했다.

무인들이 배를 잡고 깔깔거렸다.

"서둘러라. 갈 길이 멀다."

청건의 사내가 말했다.

전갈문신이 청건의 사내를 향해 고개를 숙여 보이고는 밧줄을 힘껏 당겼다. 겨우 일어선 사람들이 일렬로 뒤를 따랐다. 흠씬 두들겨 맞은 사내가 엽무백을 향해 말했다.

"고맙소."

"밧줄이 당겨서 한마디 거든 것이오."

사내는 맞고 터진 얼굴로 피식 웃고는 앞으로 고개를 돌렸다. 그러자 이번엔 뒤에서 툴툴거리는 목소리가 들려왔다.

"아저씨야말로 밧줄 좀 당기지 마세요."

엽무백이 돌아보니 뒤에서 따라오는 소년이 손을 번쩍 들고 있었다.

열두세 살이나 먹었을까?

허름한 의복을 되는대로 걸쳤는데 헝클어진 머리카락 아래로 보이는 새까만 눈동자에서 제법 총기가 흘렀다. 엽무백이 얻어맞은 가슴을 문지르느라 녀석과 연결된 밧줄이 당겼던 모양이다. 엽무백이 뒤늦게 팔을 내렸다.

소년이 이번엔 뒤쪽을 돌아보며 물었다.

"누나, 괜찮아?"

"응, 괜찮아."

여자가 말했다. 헝클어진 머리카락과 땀으로 범벅된 얼굴에도 불구하고 미모가 예사롭지 않았다. 하지만 말과는 달리 입에서 단내가 나도록 숨을 몰아쉬고 있었다. 좀 전엔 더 그랬을 것이다.

소년이 다시 고개를 돌렸다.

엽무백이 물었다.

"다들 왜 끌려가는 거냐?"

"여기서 이백 리쯤 떨어진 곳에 화전민촌이 있었어요. 이십 명 정도 되는 사람들이 사는 작은 마을이었는데 저들이 갑자기 쳐들어와서 저항하는 사람들을 죽이고 살아남은 사람들을 끌고 가는 중이에요."

"백주에 마을을 습격해 사람들을 납치했다고?"

"마도천하(魔道天下)잖아요."

"마도천하면 아무나 막 잡아가도 되는 거야?"

"그래서 마도 아닌가요?"

대저 마교(魔敎)란 마신을 섬기며 끽채사마를 하는 사이한 집단이다. 혼세신교는 마신 대신에 천산(天山)에서 채화한 불을 섬겼고, 육식과 화식을 가리지 않았다.

물론 상리를 벗어난 술법이나 세상을 깜짝 놀라게 할 사공(肆功)들이 많기는 하다. 협보다는 힘이 모든 가치에 우선했다. 강자는 군림하고 약자는 복종한다는 이 단순명쾌한 명제가 폭력과 강권을 정당화시켰고 중원무림을 침공하는 사상적 바탕이 되기도 했다.

하지만 그건 어디까지나 무림에서나 통용되는 얘기. 혼세신교의 경전 어디에도 양민들을 함부로 잡아다 부려먹어도 된다는 가르침은 없었다.

"마(魔)는 외도(外道)일지언정 악(惡)은 아냐."

엽무백은 자신이 말을 해놓고도 실소를 흘렸다.

외도란 상리를 벗어난 길을 말한다. 마공, 마경, 마학이 세상 사람들이 알지 못하는 바깥의 도(道)를 추구한다는 뜻인데 소년이 알아들을 리 없잖은가. 그러다 아무래도 미진한 감이 있어 한마디를 덧붙였다.

"내 말은 정도든 마도든 사람에 달렸다는 거지."

"순진한 아저씨네요."

'이놈 봐라?'

엽무백은 살짝 당황했다.

어쨌거나 소년의 말이 전부가 아닐 거라고 생각했다.

"그건 그렇고, 저것들은 뭐하는 작당이냐?"

"흑사단(黑砂団)이라는 마적단이에요."

"흑사단?"

"과거엔 재물을 약탈했고, 지금은 인간들을 사냥하죠."

엽무백은 기억을 되짚어 흑사단이라는 이름을 추격해 갔다.

흐릿하지만 한 사람이 떠올랐다.

한 자루 기형검을 귀신같이 다루는 자가 있어 흑도의 고수들을 이끌고 마교의 중원 정벌에 적지 않은 공을 세웠다. 별호가 옥면검(玉面劍)이라고 하던가. 그 순간 엽무백의 머릿속에 번개처럼 스쳐 가는 생각이 있었다.

"인간 사냥꾼들? 설마 너희……"

마교가 무림을 정복한 지 십여 년, 정도무림인들이 모두 사라진 것은 아니었다. 세상에 완벽한 박멸이란 없다. 어떤 자들은 변절하여 마교도가 되었고, 어떤 자들은 심산으로 숨어들었으며, 어떤 자들은 삼삼오오 떼를 지어 아직도 산발적인 저항을 이어갔다.

하지만 이 같은 경우는 모두 고강한 자들에 한해서였다. 전체 무림인 중 절대다수를 차지했던 하급무사들의 경우는 선택의 폭이 그리 다양하지 않았다.

그들은 대부분 마교도에게 사문의 형제들을 잃었고, 정마를 따지기 이전에 복수심에 불타 마교와 싸웠던 사람들이다. 그들은 변절을 할 수가 없었다. 먹고살 길이 어려워 심산으로 들어갈 수도 없었다. 무리를 이루어 저항하는 것은 더더욱 어려웠다.

그들은 따뜻한 남만으로 향했고, 쫓기던 중에 하나둘씩 무리를 지어 화전을 일구었다. 말이 정도 무림의 생존자들이지 사실상 무림인과 양민과의 구분이 모호한 사람들이다.

하지만 그런 자들이라도 뭉치고 세월을 보내면 힘이 될 수 있다. 교류를 통해 무공을 발전시켜 나가거나 후학을 양성하다 보면 괴공이 탄생하지 말란 법 없고 괴물이 나오지 말란 법 없다.

때문에 무림 일통 초창기 혼마는 이들을 찾아내 닥치는 대로 죽이고 없애라 명령했다. 수천 명의 변절자를 앞세워 대륙을 그물질했다. 이른바 발본색원(拔本塞源)과 삭초제근(削草除根)의 명(命).

그러나 세월이 흐르고 정도 무림의 생존자들이 점점 줄어들면서 효율성에 문제가 생기게 되었다. 그까짓 있어도 그만이고 없어도 그만인 쥐새끼들을 잡고자 연인원 수십만 명이나 되는 병력을 동원할 수는 없지 않은가.

그때 그들이 등장했다.

인간 사냥꾼들.

흑도 출신의 고수들로 중원무림의 사정에 정통한 그들은 박멸 작전 초창기의 앞잡이 노릇을 했다. 그러다 마교에서 한발을 빼자 인간 사냥꾼으로 돌변했다.

세상 구석구석에 숨어 있는 정도무림의 생존자들을 찾아내 마교에 팔아치웠다. 사로잡은 사냥감들은 출신과 내력에 따라, 무공의 고하에 따라 값이 매겨졌다. 그리고 처형되거나 사지 근맥이 잘린 후 노예로 팔려나갔다.

엽무백은 그제야 지금의 상황을 이해했다.

왜 단 열 명을 호송하기 위해 스무 명이나 되는 인원이 필요한지도 알 것 같았다.

"어디로 끌려가는지 아니?"

"이쪽으로 가면 바다가 나와요. 운이 좋으면 황벽도(黃壁島)로 팔려갈 수도 있고요."

"황벽도? 그 황벽도?"

복건의 남쪽 바다 어느 무인도에서 금광이 터졌다는 얼토당토않은 소식이 들려온 것은 십여 년 전의 일이다. 이따금 근동을 지나던 배들이 보았다는 황금빛 절벽 섬에 대한 전설이 사실로 밝혀진 것이다.

그러자 혼마는 뇌총(腦冢)의 총주인 만박노사(万博老師)에게 금광을 개발하라 지시했고, 만박노사는 무인들을 파견, 매달 일정량의 금을 채굴해서 정제한 다음 신궁으로 올려보내게 했다.

그 후 혼마가 죽고 만박노사가 칠공자의 수중에 떨어지면서 황벽도에서 올려보낸 막대한 자금은 칠공자의 전쟁 자금으로 변했다.

"그런데 왜 운이 좋다고 하는 거지?"

"금광을 캐려면 사지가 멀쩡해야 하잖아요. 황벽도에 끌려가면 최소한 사지 근맥을 잘릴 일은 없거든요. 그리고 이제 쫓겨 다니지 않아도 되잖아요."

그 순간 엽무백의 머릿속에 번개처럼 떠오른 생각이 있었다. 오히려 잘되었다. 등하불명(燈下不明)이라는 말도 있거니와 대륙의 발가락이라 할 수 있는 황벽도에서 한동안 숨어 지내다 적당한 때를 봐서 탈출하면 된다.

놈들이 제아무리 삼엄한 경계를 펼친다 한들 엽무백을 막아설 방도는 없다. 결정적으로 엽무백에겐 장벽산조차도 계산하지 못한 것이 한 가지 있었다. 그가 익힌 혼원요상신공(混元堯相神功)은 천독을 몰아내는 공능이 있었다. 보름이면 충분히 진기가 돌고 예전의 무공을 회복할 수 있을 것이다.

'재밌게 돌아가는군.'

第二章 황금의 섬

고산준령을 다섯 번이나 넘으며 꼬박 이틀을 더 걸은 끝에 당도한 곳은 드넓은 바다였다. 해안에는 황벽도에서 온 것으로 짐작되는 배 한 척이 정박되어 있었다.

옥면검은 끌고 온 사람들을 황벽도의 무인들에게 인계하고 묵직한 가죽 주머니를 받았다. 아마도 금광에서 캔 금이 들어 있을 것이다.

인계가 끝난 후 사람들은 범선에 올랐다.

갑판에는 다른 곳에서 끌려온 것으로 보이는 예닐곱 명의 사람이 더 있었다. 잠시 후 범선이 돛을 올리고 바다를 향해 나아갔다.

넘실대는 파도와 싸우며 항해를 한 지 하루, 바다 한가운데 불쑥 솟아오른 섬이 나타났다. 서쪽 해안 절벽이 온통 누런빛으로 빛나는 황벽도였다.

해안가에는 용 같고 범 같은 무사 십수 명이 말을 탄 채 대기하고 있었다. 범선의 무사들은 갑판과 해안을 목교로 연결하더니 밧줄을 풀어주고 한 명씩 차례로 내리게 했다. 목교가 끝나는 지점에 괴이한 용모의 노인 하나가 서서 매서운 안광을 뿌리며 배에서 내리는 사람들을 살폈다.

백발의 머리카락을 계집처럼 뒤로 잘끈 묶었는데 가늘게 찢어진 눈매와 사납게 뻗친 눈썹이 무척이나 음험한 인상을 주었다. 주변 무사들이 어려워하는 것으로 보아 상당한 지위에 있는 인물인 것 같았다.

어느 순간 노인의 눈동자가 반짝였다.

"잠깐."

노인의 눈치를 살피던 무사가 배에서 내리던 한 사람을 불러 세웠다. 건장한 체격에 팔뚝이 비정상적으로 굵은 장한이었는데 엽무백 일행이 도착했을 때 먼저 범선에 타고 있던 인물들 중 하나였다.

"현현기공(玄玄氣功)을 익혔군."

"……!"

현현기공은 과거 절강성에 뿌리를 내렸던 검도 명문 백악문(白岳門)의 독문 내공심법으로 강물처럼 도도하게 흐르는

맥이 특징이다.

엽무백은 백악문의 생존자가 있다는 것보다 일견하는 것만으로 상대가 익힌 무맥을 간파하는 노인의 안법에 놀랐다.

"하지만 겨우 일성. 무인이라고 하기에도 민망하군."

백악문의 현현기공은 정공 중의 정공이다.

세상의 모든 정공이 그러하듯 현현기공 역시 오랜 세월 정진하여야 일정한 성취를 이룰 수 있다. 그렇다고 해도 일성은 조금 심했다. 기본공을 포함해 이삼 년만 수련해도 그 정도의 성취는 이룰 수 있었다. 그야말로 호두알만 한 단전이 생겨 이제 막 진기를 돌릴 수 있을 정도.

한데 노인은 일성의 공력조차 용납하지 않았다.

노인이 가볍게 일장을 내뻗었다.

뻥!

둔탁한 소리와 함께 단전에 일격을 맞은 사내가 삼 장이나 나가떨어졌다. 장력이 심상치 않더라니 가까스로 몸을 일으키는 사내가 검붉은 선혈을 왈칵 토해냈다.

'내가중수법(內家重手法)……!'

노인은 경력을 침투시켜 사내의 단전을 파괴해 버린 것이다. 너무나 급작스럽게 벌어진 상황. 사람들이 크게 술렁이는 사이 무인들이 쓰러진 사내를 부축해 끌고 갔다.

"다음!"

무인의 호통으로 사람들이 다시 목교를 내려갔다.

한 명씩 차례로 노인의 앞을 지나갈 때마다 사람들은 뱀이 몸속으로 들어와 훑고 지나가는 느낌을 받았다. 마침내 화무강의 차례가 되었다. 그는 노인을 보호하려다 전갈문신에게 흠씬 두들겨 맞던 사내였다.

엽무백의 눈에 비친 화무강은 분명 무공을 익혔다. 그것이 외공이냐 내공이냐의 차이가 있을 뿐. 외공을 익히면 손가락 마디가 대 뿌리처럼 툭툭 불거지는 것이 특징이다. 화무강의 손이 바로 그랬다.

아니나 다를까, 노인의 눈은 화무강의 손가락 마디를 놓치지 않았다. 그럼에도 불구하고 화무강은 아무런 제재도 받지 않고 통과했다.

'한낱 외공 따위는 위협이 되지 않는다는 건가?'

화무강이 통과하면서 엽무백의 차례가 왔다.

노인의 눈빛이 반짝였다.

"잠깐."

무인이 기다렸다는 듯이 엽무백을 불러 세웠다.

"어느 문파에 있었나?"

"약초꾼이었소. 우연히 마적단에게 잡혀 끌려왔을 뿐."

노인은 피식 웃었다.

이어 한 가닥 무형의 기운이 뿜어져 나와 엽무백의 전신을 두들겼다.

'격기(擊氣)!'

기를 내뿜어 타인의 몸을 더듬는 수법이다.

완맥을 쥐고 진기를 흘려보내는 것과는 차원이 다른 공부. 일 갑자 이상의 내가고수가 아니라면 어림도 없는 일이다.

엽무백은 절해고도에서 만난 노인의 내공 수위가 예상한 것보다 훨씬 고명한 것에 속으로 적잖게 놀랐다.

얼음장같이 차가운 진기가 엽무백의 임독양맥을 한참이나 훑다가 조용히 빠져나갔다. 엽무백은 오한이라도 드는 것처럼 한차례 몸을 부르르 떨었다. 연기가 아니었다. 숨을 쉬는데 허연 김이 절로 뿜어져 나왔다.

"눈빛이 좋군."

노인은 엽무백이 독에 중독되었다는 걸 알 리가 없다. 내공의 흔적을 전혀 찾지 못한 노인이 곁의 무인을 향해 눈짓을 했다.

"다음."

엽무백은 밧줄에 묶여 가는 와중에 섬의 지세를 자세히 살폈다. 산봉우리를 가르며 난 길을 지나는 순간 모든 광경이 한눈에 들어왔다.

섬은 그 자체로 하나의 산이었다.

봉우리를 기준으로 동쪽과 서쪽으로 나뉘었는데, 동쪽엔 가파른 경사를 따라 개구멍처럼 숭숭 뚫린 구멍들이 보였다.

갱구(坑口)인 듯했다.

하지만 실제로 사람이 드나드는 곳은 대여섯 개에 불과했고 나머지는 입구에 돌덩이가 가득 쌓여 있었다. 갱도를 뚫었다가 금이 나오질 않자 폐광을 한 모양이다.

채광이 진행 중인 갱구는 사람들과 광석을 쉴 새 없이 토해냈다. 갱구 주변에 대기하고 있던 사람들은 광석을 해안가로 옮기고 있었는데 거기에 또 파석(破石)과 채금(採金)을 하는 작업장이 있었다.

섬에서 금이 나온다는 것도 신기하지만 파도를 이용해 금알갱이를 가려내는 것도 이채로웠다. 전체 공정에 매달린 사람은 대략 백여 명 정도 되어 보였다.

광석이 옮겨지는 길목에는 건장한 체격을 지닌 사내들이 채찍을 들고 있었다. 그들은 조금이라도 게으름을 피우는 사람들이 있으면 여지없이 등짝을 갈겼다. 채찍에 맞은 장한 하나가 몸을 새우처럼 비트는 것이 보였다.

"서둘러!"

무사 하나가 소리쳤다.

사람들은 다시 걸음을 옮겼다.

엽무백은 갱도가 뿌려진 산자락에 자리 잡은 산장을 놓치지 않았다. 아마 저곳이 황벽도주가 기거하는 장원일 것이다.

잠시 후, 봉우리를 넘어 산비탈을 내려가자 또 하나의 별세계가 나타났다. 이곳저곳에 적지 않은 초옥과 목옥이 뿌려져 있었다. 기와를 얹고 홍등을 내건 건물도 보였다.

'마을?'

강제로 끌려온 사람들이 마을을 이루고 산다고?

그런 일이 있지 말란 법은 없지만 그렇다고 썩 자연스러운 그림도 아니었다. 이상하기 짝이 없는 섬이었다.

마을을 지나 도착한 곳은 서쪽 바닷가였다.

산비탈이 완만한 경사를 이루며 흐르다 갑자기 뚝 끊어진 곳에 광장이 나타났다. 움막들이 무질서하게 뿌려진 사이로 아이들이 뛰놀고, 김이 모락모락 나는 솥도 곳곳에 걸려 있었다.

거지 소굴이 따로 없었다.

"이제부터 너희가 지낼 곳이다. 마을을 돌아다니는 건 자유지만 산봉우리를 넘어 동부(東部)에 발을 들여놓으면 그 순간 쥐도 새도 모르게 죽는다. 각별히 명심하도록."

무사들 중 우두머리로 보이는 자가 말했다.

"여기 어디서 지낸단 말이오?"

끌려온 사람들 중 누군가가 물었다.

"역도에게 집까지 마련해 주랴?"

그게 끝이었다.

무사는 뭘 어떻게 하라는 말도 없이 수하들을 향해 눈짓을 하고는 사라졌다. 그러자 무사들이 말에서 내려 여자들을 추려내더니 끌고 갔다. 그중에 소년과 함께 끌려온 여자도 있었다.

"누나!"

소년이 소리치며 달려갔다.

무사 하나가 냅다 주먹을 날렸다.

빡! 소리와 함께 소년이 널브러졌다. 코피가 주르륵 흐르는데도 불구하고 소년은 벌떡 일어나더니 주먹을 말아 쥐었다. 어깨를 잔뜩 부풀린 것이 흡사 갈기라도 세운 듯했다.

"이 새끼가 죽으려고 환장했나."

무사가 소매를 걷어 올리고 칼을 뽑아 들었다.

그래 봐야 아이일 뿐인데 칼까지 뽑아 들다니.

그 순간 여자가 소리쳤다.

"안 돼!"

무사가 주춤했다.

여자가 재우쳐 소년을 돌아보며 말했다.

"진자강, 내가 뭐랬지?"

"……"

"내가 뭐랬지?"

"사내는 싸울 때와 물러날 때를 알아야 한다고."

"지금은?"

"……"

"지금은?"

"물러나야 할 때라고."

"누나 걱정은 마. 죽이려고 여기까지 끌고 오진 않았을 거야. 내 말 무슨 뜻인지 알지?"

소년 진자강이 꽉 깨문 입술로 고개를 끄덕였다.

행여나 무사의 마음이 바뀔세라 여자는 말이 끝나기가 무섭게 앞장을 섰다. 무사가 픽 웃고는 여자의 뒤를 따랐다.

잠시 후 무사와 여자들이 사라지자 남은 사람들은 이러지도 저러지도 못하고 광장 사람들의 시선을 받으며 멀뚱하게 서 있었다.

그때 십여 명이 다가왔다.

하나같이 건장한 체격에 몽둥이를 꼬나 쥔 자들이었는데 얼굴에서 풍기는 흉성이 여간 사납지 않았다. 뭔가 불길한 예감을 느낀 사람들이 엉거주춤 물러났다. 그 바람에 엽무백이 앞으로 나선 꼴이 되었다.

'이건 또 뭐지?'

"반갑다. 난 장일이라고 한다. 명부동(冥府洞)에 사는 사람들이 어려움이 없도록 도와주는 실무를 맡고 있지. 언제든 필요한 것이 있으면 날 찾아오도록."

검상을 가진 사십 대의 장한이 말했다.

"명부동?"

엽무백이 물었다.

"여기 광장 이름이 명부동이다. 살아서는 절대 나갈 수 없다는 뜻이지. 속세에서 저지른 죄과에 대한 심판을 받는다는 뜻도 있고."

웃기지도 않는 이름이다.

그때 진자강이 손을 번쩍 들었다.

"꼬마, 말해보아라."

"아저씨들도 황벽장의 무사인가요?"

그러자 장일이라는 자와 함께 온 사내들이 키득키득 웃기 시작했다. 장일이 눈을 치뜨자 사내들이 웃음을 뚝 그쳤다.

장일이 진자강을 향해 한 걸음 다가갔다.

놀란 진자강이 저도 모르게 뒷걸음질을 쳤다.

장일은 얼굴 가득 자애로운 표정을 지으며 말했다.

"난 황벽장의 무사들보다 더 무서운 사람이란다. 왜냐면 이곳에선 내 말이 곧 법이거든. 킬킬킬."

왈짜란 얘기다.

행색을 보아하니 그들 역시 끌려온 처지인 것 같은데, 끌려온 사람들 사이에서도 이런 힘겨루기가 있는 것이다.

장일의 말이 다시 이어졌다.

"자, 이제 잘 곳을 정해야겠지? 움막이 필요한 사람 없나?"

몇몇 사람들이 손을 들었다.

장일이 눈짓을 하자 함께 온 수하들이 사람들을 빈 움막으로 안내했다. 그리고 잠시 후, 퍽퍽 소리가 요란하게 울렸다.

왈짜들이 움막을 공짜로 줄 리가 있나. 멋모르고 따라갔던 사람들이 돈을 빼앗기지 않으려고 발버둥을 치다가 몽둥이찜질을 당하는 소리였다.

'피곤하겠는걸.'

더는 움막을 찾는 사람들이 없자 왈짜들도 사라졌다. 대충 돌아가는 분위기를 파악한 사람들이 저마다 쉴 곳을 찾아 흩어지기 시작했다.

엽무백은 광장을 살폈다.

광장은 동쪽의 출입로와 서쪽의 낭떠러지를 제외한 좌우가 산의 절개 면이었다. 높지 않은 것으로 보아 일부러 탈출을 막기 위한 곳은 아닌 듯했다.

엽무백은 광장의 오른쪽 절벽 아래를 향해 걸어갔다. 응달이어서 그런지 그쪽이 상대적으로 사람들이 적었다.

잠시 후, 빈 돗자리가 하나 보였다. 걸레 쪼가리처럼 너덜너덜한 걸로 보아 주인 없는 돗자리가 분명했다.

엽무백이 털썩 자리를 잡고 앉았다.

"탁월한 선택일세."

칼칼한 음성이 들려왔다.

고개를 돌려보니 웬 노인이 자신을 물끄러미 바라보고 있었다. 궁기가 좔좔 흐르는 얼굴이며 누덕누덕 기운 옷이 누가 봐도 이력 붙은 거지였다.

"뭐라고 했소?"

"탁월한 선택이라고 했네. 광장에서 여기가 최고의 명당이거든."

엽무백이 보기에 이곳은 가장 안 좋은 자리였다. 절벽의 방향을 고려할 때 하루 중 볕이 가장 적게 드는 응달이었기 때문이다. 겨울을 코앞에 두고 응달에서 밤을 새우면 자칫 얼어 죽을 수도 있었다.

"어째서 그렇소?"

"내가 곁에 있기 때문이지."

"……?"

"난 명부동에서 십 년 이상 살아남은 유일한 사람일세. 이제부터 내가 그 비법을 가르쳐 주겠네. 물론 자네 하는 걸 봐서겠지만."

"채 십 년도 살지 못한단 말이오?"

"여기 있는 사람들은 매일 광산에 끌려가 일을 해야 한다네. 어쩌다 갱도가 무너지기라도 하면 수십 명씩 떼죽음을 당할 때도 있어. 한 달 전에도 갱도가 무너지는 바람에 아홉 명이 생매장을 당했지."

"적지 않은 사람들이 광장에 있는 것 같소만."

"무사들에게 뒷돈을 찔러준 덕분이지. 매일은 아니겠으나 하루 정도는 몸을 뺄 수가 있다네."

"돈은 어디서 나오?"

"푼돈일망정 임금을 준다네."

"강제로 끌고 올 때는 언제고 돈을 준다고?"

"클클클. 일종의 기만술이지. 아무리 강한 정신력을 가진 사람일지라도 이런 곳에서 일 년만 썩으면 목숨을 끊고 싶은 생각이 굴뚝같아진다네. 실제로도 과거엔 바닷가 절벽에 몸을 던져 죽는 사람이 적지 않았네. 하지만 사람들에게 돈을 주면 얘기가 달라지지. 그것들로 필요한 것들을 사고 술도 사먹고, 계집질도 하고…… 마치 보통 사람들과 같은 삶을 사는 것 같은 착각을 불러일으키게 한달까? 그럼 자살률이 뚝 떨어진다네."

뭐 이런 이상한 곳이 다 있나.

이걸 수용소라고 해야 할지 섬마을이라고 해야 할지 분간이 가질 않았다.

"도대체 누구 머리에서 나온 잔꾀오이까?"

"백발호(白髮豪) 그 쌍놈의 대가리에서 나온 계략이지."

"혹시 백발에 눈 찢어진 노인 아니오?"

"이미 만난 모양이군. 맞네. 무공도 무공이지만 대가리가 어찌나 비상한지 섬에서 일어나는 모든 일이 바로 그 노마두의 머리에서 나온다네. 실제로 삼 년 전 그가 섬에 들어오고 난 후 채금량이 두 배로 늘어났고, 사람들이 죽어나가는 숫자도 훨씬 줄었네. 이걸 다행이라고 해야 할지 불행이라고 해야 할지."

삼 년 전이라면 혼마가 죽었을 때다.

뇌총의 지자가 틀림없었다.

신교엔 수많은 두뇌 집단이 있었지만 신궁의 대소사를 관장하는 공식적인 집단은 뇌총이 유일했다. 뇌총엔 총주인 만박노사가 중원 전역에서 끌어모은 일천 명의 지자가 있었다. 그 힘을 바탕으로 만박노사는 신궁의 실권을 사실상 장악해 버린 지 오래였다.

지금 그 힘은 고스란히 칠공자의 것이 되었다. 이런 벽촌에 파견한 지자의 실력이 이 정도이니 칠공자가 거느린 인재는 얼마나 많은 것인가.

"나는 왕거지라고 하네."

"거지? 이곳에 거지도 있단 말이오?"

"왈짜패도 있는데 거지라고 없을까? 저기 저 교목 아래 목옥이 보이나?"

노인 왕거지가 광장의 한가운데를 가리켰다.

광장 한가운데 목옥이 한 채 보이긴 했다. 이엉을 엮어 만든 움막만 가득한 곳에 홀로 목옥이 있으니 영 어색했다.

"그곳이 그곳인 것 같아도 명부동엔 각자의 자리가 있다네. 그늘과 바람막이의 유무에 따라 좋고 나쁜 곳이 나누어지는데 세상 어디나 그렇듯 이곳도 철저한 힘의 논리에 의해 자리의 주인이 결정된다네."

이어지는 왕거지의 설명은 이러했다.

먼저 광장의 중앙에 자리한 교목 아래는 기나옹(畸羸蝓)이라는 다소 괴상한 별호를 가진 자와 그 수하들의 차지다.

엽무백이 처음에 만났던 장일이라는 자는 바로 그 기나옹의 심복이었다. 그들은 명부동을 장악한 왈짜패였다.

다음, 광장을 둘러싼 절벽 아래는 기나옹에 비할 바는 아니지만 나름 강단이 있는 자들의 차지였다.

그들은 대부분 품속에 칼을 넣고 다녔다.

협박용이 아니었다.

사흘이 멀다 하고 칼부림이 일어났다.

명부동에선 약해 보이는 순간 잡아먹혔다.

마지막으로 그늘도 없고 바람막이도 없는 공터 이곳저곳은 신입과 약자들의 차지였다. 삶의 고단함은 여자와 아이들이라고 해서 비켜가지 않는다. 공터에 머무는 사람 중에는 여자와 아이들이 적지 않았다.

"이곳에서 편하게 살려면 두 가지 방법이 있네. 첫째, 기나옹의 수하로 들어가는 것. 둘째, 나처럼 동냥질을 하는 것. 기나옹의 패거리에 들어가려면 주먹을 좀 쓸 줄 알아야 하고, 동냥질을 하려면 목돈이 좀 있어야 해."

"돈이 있는데 왜 동냥질을 한단 말이오?"

"돈을 바쳐야 노역에서 빠질 것 아닌가. 찔끔찔끔 말고 한번에 크게 질러주면 일 년 내내 몸을 뺄 수도 있네. 대신 밥은 먹어야 하니까 기나옹의 패거리에 들어가 갈취를 하거나 나처럼 동냥을 하는 거지."

"광산 일을 해서 받은 돈으로 그게 가능하오?"

"그럴 리가 있나. 하지만 살다 보면 돈을 만들 방법은 얼마든지 있어. 남의 걸 훔쳐도 되고, 빼앗아도 되고, 광산에서 금을 몰래 빼돌려도 되고. 아, 이건 목숨을 걸어야 한다는 부담이 있지."

"왈짜들이 광장을 장악하고 있다는 걸 윗선에선 알고 있소?"

"모른 척하는 거지. 잡혀온 사람들은 다들 한 번씩 무림에 발을 담갔던 사람들인데 대가 얼마나 세겠어? 마교도들이야 자신들을 향해 칼을 들었다는 이유로 우리를 한통속으로 엮지만, 사실 우리 입장에서 보면 온갖 잡놈들을 한데 섞어놓은 것이거든. 과거를 비추어 볼작시면 정도문파라고 해서 다들 사이가 좋았던 건 아니니까. 그러니 수시로 말썽이 날밖에. 기나옹 패거리가 그걸 억제하지."

이것 역시 백발호라는 노인의 머리에서 나온 것일 게다. 갈수록 가관이었다.

"근처의 마을은 무엇이오?"

"봤군. 황벽장에서 일하는 무사들의 첩들이 기거하는 곳이라네. 예쁘장한 여자들이 잡혀오면 도주가 수하들의 사기를 진작시키기 위해 하사하는데 그게 세월이 흐르고 보니 마을을 이루게 됐지. 주루도 있다네. 산장의 무사들만으로는 장사가 안 되기 때문에 이곳 광장 사람들에게까지 개방을 했지."

"왈짜에 거지에 주루까지, 없는 게 없군."

"여기도 사람 사는 곳이라네. 껄껄껄."

                    *   *   *

황벽도에서의 생활이 시작되었다.

왕거지가 말했던 것처럼 사람들은 해가 뜨기 무섭게 광산으로 끌려가 어두워질 때까지 중노동을 했다.

왕거지의 말을 들으니 지금은 그나마 사정이 나은 편이란다. 큰 금맥이 발견되면 새벽별을 보고 나가 저녁별을 보고 돌아오는 일도 예사라고 했다.

엽무백은 꼼짝없이 끌려가 일을 하는 수밖에 없었다. 밤마다 운공조식을 한 덕에 열흘쯤 지났을 때는 독성을 절반가량 몰아내었다.

일단 독을 다스리기 시작하자 점점 가속도가 붙었다. 사나흘만 더 운공하면 원래의 무공을 회복할 수 있을 것 같았다.

하지만 독성을 모두 몰아낸다고 하더라도 당분간은 여기서 좀 더 머물기로 했다. 몸이 좀 고되기는 했지만 하늘 아래 이만큼 안전한 곳도 없었다.

'장벽산은 어떻게 되었을까?'

다 좋은데 멀고도 외딴섬이다 보니 바깥소식을 들을 수 없다는 게 안타까웠다. 혹시나 싶어 무사들이 수군거리는 소리를 엿들어보기도 했지만 신궁에 대한 얘기는 없었다.

하늘이 어둑어둑해질 무렵, 엽무백은 명부동으로 향했다. 아침부터 무사들에게 끌려갔다가 온종일 노역에 시달리다 이제야 돌아오는 길이었다.

왕거지는 엽무백의 돗자리에 한 발을 척 걸친 채 자고 있었다.

지난 열흘 동안 겪어본 결과 왕거지는 정말로 일을 하지 않았다. 그는 스스로 수완이 좋다고 했지만 알고 보니 별것 없었다. 단지 우연히 금덩이를 하나 캐었고, 그걸 몰래 빼돌려서는 평소 안면을 익혀두었던 무사에게 슬쩍 찔러주었을 뿐이다.

그 대가로 그는 죽을 때까지 노역을 면했다.

뒷돈을 받았던 무사도 왕거지가 이렇게까지 오래 살 줄은 몰랐을 것이다. 어쨌거나 오래 산 덕분에 왕거지는 황벽도에서 일어나는 일에 대해 모르는 것이 없었다. 그건 작지 않은 힘이었다. 명부동에서는 어떤 식으로든 힘이 있으면 산다.

엽무백은 발등으로 왕거지의 옆구리를 툭 밀었다. 벌레처럼 또르르 굴러간 왕거지가 눈을 게슴츠레 떴다.

"여어, 이웃사촌이로구먼."

왕거지가 엉거주춤 일어나 앉았다.

엽무백은 돗자리에 궁둥이를 붙이고 앉았다.

벽에 등을 기대자니 그제야 피로가 조금은 가시는 것 같았다.

"온종일 안 보이더니 어딜 갔다 온 겐가?"

"시체를 묻고 오는 길이오."

"살인을 했나?"

"하릴없으면 잠이나 자시오."

엽무백은 툭 쏘아주고는 돌아앉았다.

처음엔 호기심에 이런저런 말을 섞기도 했지만 지금은 아니었다. 광장에 들어온 바로 다음날 엽무백은 왕거지의 곁에 자리 잡은 걸 후회했다.

왕거지는 엄청난 수다쟁이였다.

열흘 전에 북쪽 갱도 일부가 무너져 일곱이 죽었고, 어젯밤 그 시체를 찾았다는 소문이 돈 지가 한참이다. 명부동의 모든 소문을 꿰고 있는 왕거지가 그걸 모를 리 없다. 그럼에도 불구하고 저런 실없는 소리를 하는 것은 순전히 입이 근질거려서다.

"껄껄껄. 농담 한번 한 걸 가지고 발끈하기는."

엽무백은 속에서 무언가 욱하고 올라오는 걸 꾹 눌러 삼켰다. 어떻게든 대화를 이어가기 위해 툭툭 건드려 보는 것이라는 걸 알기 때문이다. 하지만 평소의 행동을 볼작시면 이대로 물러날 왕거지가 아니었다. 예상대로 그는 물러나지 않았다.

"그나저나 얘기 들었나?"

엽무백은 입을 꾹 다물었다.

물론 왕거지까지 입을 다문 건 아니었다.

"어젯밤 제삼갱도에서 일하던 광부 중 하나가 밤톨만 한 금덩이 세 개를 캤다더군. 한데 금을 본 광부가 눈알이 뒤집어져서는 그걸 빼돌린 게야. 그러곤 그 길로 통나무를 타고 바다로 나갔지. 하지만 채 십 리도 못 가서 배를 타고 뒤쫓아 간 무인들에게 잡혀 돼졌다네. 금도 캤겠다, 육지로 나가 새 출발 한번 해보려다가 급살을 맞은 게지. 그러고 보면 금이 참 요물이긴 요물이야. 그렇지?"

황벽산에는 모두 열아홉 개의 크고 작은 갱도가 있었다. 짧은 시간에 많은 금을 캐기 위해 금맥이 있는 지층을 따라 여러 개의 갱도를 동시다발적으로 뚫은 탓이다.

하지만 그중 다섯 곳에서만 금이 나왔고, 그곳에서도 금을 빼돌리기란 거의 불가능했다. 갱도를 나오자마자 칼 찬 무사들의 삼엄한 검문을 받기 때문이다. 유일한 방법은 안면이 있는 무사에게 절반을 찔러주는 것인데, 왕거지가 말한 자는 아마 그게 아까웠나 보다.

"한데 그 광부가 금을 빼돌린 방법이 뭔 줄 아나? 무사들이 놈을 잡고 보니 처음엔 금은 본 적도 없다고 딱 잡아떼더래. 자신은 그냥 고질병을 고치려고 밖으로 나가는 길이라고. 무사들이 그 말을 믿을 리 없지. 당장에 뱃전에서 배를 갈라보았더니 창자 속에서 금덩어리가 나오더라는군. 알고 보니 금을 삼킨 거야, 글쎄."

엽무백은 눈을 감은 채 여전히 대꾸를 하지 않았다. 그러면 그렇고 이러면 이런 거지, 그게 자신과 무슨 상관이란 말인가.

하지만 왕거지에게도 숨겨둔 패가 있었다.

엽무백이 도통 반응을 하지 않자 왕거지는 네가 이래도 흥미를 보이지 않나 보자는 식으로 한마디를 툭 던졌다.

"그런데 그 금이 똥금이었다는군."

똥금. 금처럼 생겼지만 망치로 두들기면 푸석푸석 깨지는 가짜 금이다. 색깔만 싯누럴 뿐 실제로는 돌멩이다. 왕거지가 말한 광부는 돌멩이를 빼돌리다가 억울하게 죽임을 당한 것이다.

이 얼마나 황당무계한 상황인가.

엽무백이 살짝 흔들렸다.

"크크크. 이제야 반응을 보이는군."

의기양양해진 왕거지가 바짝 다가와 앉았다.

그가 무슨 말을 더 하려는 순간 한 사람이 앞을 가렸다. 얼굴을 가로지른 검상이 흉물스러운 사십 대의 장한, 장일이었다.

장일이 손을 내밀며 말했다.

"일 다녀왔다지?"

엽무백은 품속에서 말없이 두 냥을 꺼내주었다. 시체를 치우고 받은 돈의 일 할을 기나옹에게 바치는 것이다. 명부동에서 밥을 먹는 사람은 누구나 수입의 일 할을 바쳐야 한다.

예외는 없었다.

"확실하겠지?"

장일이 눈알을 부라리며 물었다.

일 할이 맞느냐고 묻는 것이다. 혹시 더 많이 벌었으면서 사기를 치는 게 아니냐는 뜻이다. 백주에 남의 돈을 강탈해 가면서 사기를 칠까 의심하는 작태가 뻔뻔스러웠다.

"궁금하면 직접 알아보든가."

엽무백은 툭 쏘아주고는 귀찮다는 듯 벽에 기대고 눈을 감아버렸다. 장일은 엽무백의 태도가 몹시 거슬린다는 표정을 지었지만 더는 따지지 않았다. 해가 떨어지기 전에 수금 한 바퀴 휘익 돌리려면 바쁘기 때문이다.

그 두 번째 대상이 왕거지였다.

그가 이번엔 왕거지를 향해 손을 내밀었다.

왕거지가 말했다.

"거지 동냥 밥그릇에까지 세금을 매길 셈인가?"

"동냥은 일 아니오?"

"동냥은 동냥일 뿐 일이 될 수 없네."

"밥벌이가 곧 일이지. 무슨 말이 그리 많소!"

장일이 발끈해서 소리쳤다.

왕거지가 입맛을 다시더니 속곳 속에 한 손을 푹 찔러 넣어 뭔가를 한참이나 조몰락거렸다. 그러다 한 냥을 꺼내 장일에게 내밀었다.

장일은 똥 묻은 속곳이라도 만지는 양 오만상을 찌푸리며 받았다. 그러다 왕거지를 무섭게 노려보며 말했다.

"충고하는데, 내 신경 건드리다가 등에 칼 꽂히는 수가 있소. 죽을 때 죽더라도 이번 겨울은 넘겨야 하지 않겠소?"

왕거지가 한순간 발끈했지만 더는 엉기지 못하고 슬그머니 눈을 깔았다. 장일은 콧방귀를 뀌며 자리를 옮겼다. 저만큼 멀어지는 장일의 뒤통수를 향해 왕거지가 모기만 한 소리로 중얼거렸다.

"귀신은 뭐 하나 몰라. 저 쌍것들부터 잡아가지 않고."

그때 광장의 입구로 진자강이 국수 지게를 지고 나타났다. 명부동에 잡혀온 이후 녀석은 어리다는 이유로 임금을 어른들의 절반밖에 받지 못했다. 그래서 노역을 하고 돌아오면 밤새 국수를 삶아 아침에 팔러 다녔다.

"국수!"

엽무백이 진자강을 불렀다.

"옙, 지금 갑니다요."

진자강이 씩씩하게 대답을 하고는 잽싸게 달려오는데 왼쪽 눈두덩이 시퍼렇게 멍이 들어 있었다. 입술 언저리도 살짝 찢어진 것이 누군가에게 얻어맞은 모양이다.

이상할 것도 없었다.

명부동에서 열세 살 소년은 언제든 갈취할 수 있는 먹잇감에 불과했으니까.

진자강이 지게를 내려놓고 물었다.

"한 그릇 말아 올릴깝쇼?"

"육수 넉넉히."

"척하면 착입죠."

그때부터 진자강의 손이 바빠졌다.

그는 우선 작은 나무 상자를 엽무백 앞에 놓았다. 그런 다음 상자 위에 큼지막한 주발을 얹고, 면을 넣고, 육수를 붓고, 마지막으로 몇 가지 고명을 얹는 것으로 국수가 완성되었다.

녀석이 갑자기 이렇게 씩씩해진 것은 누나를 찾았기 때문이다. 그녀는 마을 주루에서 술을 따랐다. 술을 따르는 여자가 몸을 지킬 수 있을 리 만무했다.

무사들의 첩으로 들어가는 것보다 훨씬 나쁜 상황이었지만 진자강은 오히려 잘되었다고 여겼다. 녀석에겐 누나를 지킬 방법이 있었기 때문이다.

"이건 특별히 덤으로 드리는 겁니다."

엽무백이 면을 비비려는 순간, 진자강이 허옇고 둥그스름한 것 하나를 동동 띄워주었다.

"뭐야?"

"물새 알입니다."

"물새 어떤 거?"

"글쎄요. 바닷가 절벽에 잔뜩 있더라고요."

"먹고 죽는 거 아냐?"

"새알 먹고 죽었다는 말은 못 들어봤네요."

"확실해?"

"확실… 할 걸요?"

엽무백이 슬쩍 왕거지를 돌아보았다.

섬에 오래 살았으니 혹시 아는 바가 있느냐는 뜻이다. 왕거지는 두 번도 생각하지 않고 반사적으로 물었다.

"먹기 싫으면 내가 먹을까?"

엽무백은 국수 그릇을 내려놓고 품속을 뒤졌다. 그리고 넉냥을 꺼내 진자강에게 주었다.

"한 냥이 많은데요?"

"물새 알 값이다."

"이건 제가 그냥 드리는 겁니다."

"넣어둬."

"아닙니다. 제가 드리고 싶어서 그러는 거예요."

"넣어두라니까."

엽무백이 딱 잘라 말했다.

진자강은 자신을 위해 한 푼이라도 아껴주려는 엽무백이 한없이 존경스럽고 고맙다는 얼굴로 돈을 챙겼다.

"맛있나?"

왕거지가 침을 꼴딱 삼키며 물었다.

엽무백은 조용히 국수를 먹었다.

"나도 한 그릇 먹으면 안 될꺼나?"

"그걸 왜 나한테 묻는 거요?"

"한 그릇 사주면 안 되나?"

"내가 왜?"

"이웃사촌이잖나."

"난 그렇게 생각해 본 적 없소."

"남이라도 그렇지, 입이 두 갠데 어찌 한 그릇만 시키는가? 남자가 쪼잔하게시리."

"남 먹는 거 구경하는 것도 대인배의 모습은 아니외다."

왕거지가 콧구멍을 몇 차례 벌름거리더니 이내 포기를 했다. 그가 이번엔 진자강을 향해 물었다.

"눈탱이는 어쩌다 그렇게 됐냐?"

"별거 아니에요."

진자강이 머쓱해진 얼굴로 뒤통수를 긁었다.

"너 또 세금 안 내려고 사기 치다가 장일 일당에게 걸려 얻어터졌지?"

"왈짜들 눈치가 점점 예리해져서 큰일 났어요. 이젠 더 핑계 댈 거리도 없는데."

"그냥 뺏기고 말아. 그렇게 맞다간 눈탱이가 남아나질 않겠다. 넌 그 흉악한 놈들이 무섭지도 않느냐?"

"저도 무서워요."

"그런데 왜 그래?"

"용기란 두려워하지 않는 게 아니라 두려움에도 불구하고 맞서 싸우는 거라고 전 말하고 싶네요."

"그게 싸우는 거냐, 얻어터지는 거지?"

"나름대로의 저항이라고 전 말하고 싶네요."

"쯧쯧쯧. 그것보다 뭔가 종목을 바꿔야 하지 않아? 그까짓 국수 몇 그릇 팔아서 얼마나 번다고 그래? 지금이야 그나마 날이 따뜻하니 국수를 사 먹는 사람들이 있다지만, 찬바람 불고 서리가 내리면 누가 사 먹겠느냐? 아무리 강남이라도 겨울은 겨울이거든."

객점에서 파는 국수와 달리 지게에 짊어지고 다니며 파는 국수는 국물이 차갑다. 찬바람 부는 날 길 한복판에 쭈그리고 앉아 딜딜 떨면서 냉국수를 사 먹을 비친 인산은 없을 것이다.

"뭘 벌써부터 겨울을 걱정해요."

"네가 잘 몰라서 그러는가 본데 여기선 한 계절 금방이야."

"그건 그때 가서 걱정하죠, 뭐."

"무슨 놈의 애가 여든 먹은 노인처럼 말하네."

"공자님께서 그러셨네요. 희망을 잃지 않으면 하늘이 반드시 기회를 준다고."

"하늘이 있다면 왜 저런 흉악한 놈들이 날뛰도록 내버려 뒀겠느냐?"

"맹자님께서 그러셨네요. 모든 업보가 세 치 혀에서 비롯되니 마음을 바로 쓰면 안 되는 일이 없다고."

'이놈이 또 문자질을 하고 자빠졌네.'

"책상물림들이 뭘 안다고. 그거 다 똥이야. 이 몸이 칠십 년을 몸으로 부대끼며 체득한 경험에 의할작시면 안 될 놈은 안 돼. 너 인생 만만하게 생각했다간 거지꼴 난다."

"설마요."

"스무 살까지만 해도 나도 거지가 될 거라고는 생각도 못했다."

"전 거지는 되기 싫어요."

"내가 지금 계속 그 말 하고 있잖아."

두 사람의 밑도 끝도 없는 대화는 끝날 줄을 몰랐다. 끝난 것은 엽무백의 식사였다. 빈 그릇을 내려놓자 진자강이 주저주저하더니 품속에서 쉰 냥을 꺼내 엽무백의 앞으로 슬그머니 밀어놓았다.

"오늘도 좀 부탁드립니다."

진자강이 갑자기 엽무백에게 살랑거리는 이유가 바로 이것이었다. 녀석은 광산 일과 국수를 팔아서 번 돈으로 사람을 고용해 누나의 하룻밤을 산다. 어떻게든 누나를 지켜주기 위해서였다.

물론 고용된 사람은 누나의 털끝도 건드려선 안 된다. 그래서 믿을 만한 사람이 필요했고, 진자강은 엽무백과 화무강에게 번갈아 그 일을 부탁해 왔다. 화무강은 함께 잡혀왔던 사내다.

"도대체 이 친구 뭘 믿고 매번 이렇게 부탁을 하는 게냐?"

옆에서 왕거지가 물었다.

"저랑 같이 잡혀왔잖아요."

"그게 다냐?"

"약속도 꼭 지키시는 분이고요."

"쯧쯧쯧. 너도 참 답답한 인생이다. 어쩜 그렇게 사내를 모르니? 그게… 응? 마음대로 되는 게 아냐."

왕거지가 자신의 하물 쪽으로 슬쩍 시선을 주며 말했다.

"저도 그 정도는 알아요."

"아는 놈이 그래?"

"군자는 일어나지 않은 시비에 대해 왈가왈부하지 않는 거라고 했네요."

왕거지가 고개를 절레절레 흔들었다.

답답하기는 엽무백도 마찬가지였다.

진자강이 처음 국수를 팔겠다며 지게를 지고 광장에 나타났을 때 사람들은 너도나도 국수를 외상으로 먹었다.

하지만 외상값을 갚는 사람은 아무도 없었다.

유일하게 한 사람, 엽무백만이 다음날 돈을 갚았는데 그때부터 엽무백은 진자강에게 믿을 만한 사람이 되었다.

처음엔 엽무백도 이해가 되질 않았다.

하지만 이제는 안다. 함께 황벽도로 잡혀왔다는 인연과 국수 값 석 냥이라는 얄팍한 신뢰에 누나의 하룻밤을 걸어야 할 만큼 놈은 절박했던 것이다.

"오늘은 화무강 차례잖아."

엽무백이 눈을 동그랗게 뜨고 말했다.

"화무강 아저씨는 오늘 바쁘시대요."

"나도 바빠."

"밤에 뭘 하실 건데요?"

"생각할 게 좀 있어."

진자강과 왕거지가 눈을 동그랗게 뜨고 엽무백을 보았다. 변명치고는 너무나 궁색했기 때문이다. 엽무백은 뒤늦게 실책을 깨닫고 한마디를 덧붙였다.

"아주 중요한 거야."

"에이, 그런 거라면 푹신한 침상에서 누워서 생각하셔도 되잖아요. 몇 냥 더 얹어 드릴 테니 약주도 한잔 찌끄리시고요."

진자강이 말과 함께 닷 냥을 더 얹어주었다.

쉬지도 않은 게 군둥내부터 난다더니 진자강이 딱 그랬다. 벌써부터 발랑 까져서는 사람을 다루는 솜씨가 여간하지 않았던 것이다.

하지만 엽무백은 꿈쩍도 하지 않았다.

"그럼 내일은 해주시는 거죠?"

"내일도 바빠. 모레도 바쁘고 글피도 바빠. 계속 바빠. 그러니 이제 딴 사람 찾아봐."

엽무백은 할 말 다 했다는 듯 팔짱을 끼고 벽에 등을 기댔다. 그리고 눈을 감아버렸다. 한참이 지나도록 눈을 뜨지 않자 그제야 진자강의 얼굴이 딱딱해졌다. 엽무백의 태도에서 그저 한 번 빼보는 게 아니라는 걸 깨달은 것이다.

진자강은 시무룩해진 얼굴로 빈 그릇과 나무 상자를 챙기더니 이내 지게를 짊어지고는 자리를 떠났다.

"인정머리 없는 인간."

왕거지가 한마디 툭 내뱉고는 벌러덩 돌아누워 버렸다. 그러곤 미친 사람처럼 혼자서 중얼거렸다.

"하늘이 있다면 저 남매도 언젠가는 행복해질 날이 오겠지. 에고고. 그나저나 나는 이번 겨울을 또 어떻게 넘기나."

엽무백은 슬그머니 눈을 떴다.

저만치 제 키만 한 지게를 지고 뒤뚱뒤뚱 걷는 진자강의 뒷모습이 보였다. 어떤 식으로든 사람들과 엮이고 싶지 않았다. 특히 진자강은 자신과 엮이는 순간 녀석은 물론 녀석의 누나까지 위험해진다. 끝까지 책임지지 않으려면 적당한 선에서 인연을 끊어내야 한다.

第四章　명부동(冥府洞) 사람들

새벽부터 명부동이 소란스러웠다.

공터에 있던 누군가가 장일 일당에게 흠씬 얻어터지고 있었다. 누군가 기나옹에게 세금을 바치지 않으려고 꼼수를 부리다 장일 일당에게 들켰기 때문이다.

"후안무치한 새끼! 네놈이 누구 때문에 밥을 먹고 사는지 아직도 모르겠어?"

장일을 비롯해 대여섯 명의 사내가 한 사람을 가운데 놓고 무자비한 발길질을 가하고 있었다. 사십 줄의 건장한 장년인은 벌레처럼 나뒹구는 와중에도 품에 안은 전낭을 놓치지 않았다. 마치 네놈들의 매질쯤은 얼마든지 견딜 수 있다는 태도다.

후줄근한 차림의 아낙 하나가 장일의 바짓가랑이를 붙들고 살려달라고 사정했다. 곁에는 대여섯 살가량의 여자아이가 목 놓아 울어댔다.

장년인의 아내와 딸이었다.

명부동엔 처자식과 함께 끌려온 자들이 적지 않았다. 발본색원 삭초제근. 전쟁을 할 땐 화근을 남겨두지 말라는 마교의 율법에 따라 모조리 잡아들인 것이다.

한데 바로 이 처자식들이 자포자기하는 사내들의 가슴을 화강암처럼 단단하게 만들었다. 지킬 것이 있고 잃을 것이 있는 사람은 때론 무모한 모험을 한다. 지금 장년인의 경우가 그랬다.

기나옹은 얼마 떨어지지 않은 나무 그늘에 앉아 보통 사람들은 구경도 할 수 없는 빈파(頻婆:사과)를 베어 먹으며 일련의 광경을 지켜보고 있었다.

기나옹(畸贏蜻)은 병신 나나니벌이란 뜻인데, 꼽추에 외팔이인 그가 도약을 해 상대의 가슴에 비수를 찔러 넣는 모습이 흡사 사나운 나나니벌 같다 하여 붙은 별호였다.

떠도는 말에 의하면 광동성에서 제법 이름깨나 날리던 흑도 방파의 수장이었는데, 마교의 고수들에게 맞서다가 한 팔을 잘리고 잡혀온 처지라고 했다.

장일 일당의 폭력은 갈수록 심해졌다.

처음엔 맞아도 죽지 않을 등과 허벅지 위주로 때리더니 언제부턴가 머리며 목을 사정없이 가격했다.

그래도 장년인은 견뎠다.

때리다 때리다 지치면 그만두지 않을까. 딸을 생각하는 부정이 불쌍해서라도 침을 퉤 뱉으며 한 번쯤 봐주지 않을까 하는 희망 때문이었다.

하지만 부질없는 짓이었다.

명부동에 희망이란 없었다.

"독한 새끼! 카악, 퉤!"

장일이 장년인의 얼굴에 침을 퉤 뱉고는 뒤를 흘낏 돌아보았다. 빈파를 한 입 베어 먹은 기나옹이 슬그머니 고개를 끄덕였다. 장일이 사납게 돌아서며 말했다.

"이 새끼 일으켜 세워!"

장일의 말을 필두로 두 사람이 팔짱을 끼며 장년인을 일으켜 세웠다. 얼마나 얻어터졌는지 얼굴이 온통 피범벅이었다.

"종이 아버지!"

아낙이 손을 뻗으며 울부짖었다.

장일의 수하 한 명이 여자의 팔을 뒤로 꺾었다.

그사이 또 다른 수하가 몽둥이를 가져왔다. 익숙한 몽둥이였다. 저 몽둥이에 맞아 골병든 사람이 한둘이 아니었다. 몽둥이까지 꺼내 들었다는 것은 일벌백계로 삼겠다는 뜻이다.

이제 전낭을 내놓는 것으로 해결될 상황이 아니었다. 놀란 여자가 팔을 꺾인 와중에도 광장을 돌아보며 울부짖었다.

"누가 좀 말려주세요! 제발 좀 도와주세요!"

명부동엔 아직 일을 나가지 않은 수백 명의 사람이 있었지만 다들 아낙의 시선을 피하기 바빴다. 기나옹이 고개를 끄덕이는 장면을 똑똑히 보았기 때문이다. 기나옹이 작심을 한 듯한데, 모진 놈 곁에 있다가 벼락을 맞는다고 함부로 끼어들었다가 죽는 수가 있었다.

"말려야 하지 않겠나?"

왕거지가 심각한 얼굴로 말했다.

"남의 일에 목숨 걸 일 있소?"

엽무백이 말했다.

"누가 저놈들을 때려죽이라고 했나. 젊은 사람들이 나서서 한마디 거들면 저 흉악한 놈들이 노기를 좀 누그러뜨릴까 해서 하는 말이지."

"직접 하시구랴."

"내 나이 올해 일흔둘일세. 살짝 넘어지기만 해도 뼈가 부러지는 나이라고."

"그럼 가만있든가."

"쯧쯧쯧. 젊은 친구가 어찌 그리 가슴이 삭막한가. 돌부처도 돌아앉겠네."

사실 저 꼬락서니를 보고 있자니 엽무백도 속이 부글부글 끓었다. 하지만 지금 나서게 되면 지금까지 숨죽이고 지내왔던 시간이 모두 도로아미타불 된다.

시비가 붙으면 싸우게 되고, 싸우면 무공을 쓸 수밖에 없는데, 그렇게 되면 백발호라는 그 괴이한 노인의 눈에도 띄게 될 것이다. 산동오살을 불러들이는 건 시간문제다.

그사이 손에 침을 퉤퉤 뱉은 장일이 몽둥이를 치켜들었다. 여자와 아이가 자지러졌다. 지금도 초주검이 되었는데 더 때렸다간 정말 어디 하나 부러질 것 같았다.

그때였다.

"그만하시오!"

노한 음성과 함께 한 사람이 명부동으로 들어섰다. 건장한 체구에 맑은 신색을 지닌 그는 잰걸음으로 달려가서 장일의 앞을 막아섰다.

"이게 무슨 짓이오!"

"여어, 화무강. 며칠 보이지 않기에 탈출이라도 한 줄 알았더니 아니었구만."

사내는 화무강이었다.

엽무백과 함께 진자강으로부터 신뢰를 받는 유일한 사내. 게다가 그는 명부동에서는 보기 드물게 무공을 잃지 않은 자이기도 했다. 그래 봐야 조악한 외문기공에 불과하지만.

"이게 무슨 짓이냐고 묻지 않소!"

화무강이 거듭 언성을 높였다.

"보면 몰라? 은혜를 모르는 후안무치한 놈에게 사람의 도리를 가르치고 있잖나."

"처자식이 보고 있소. 그만하시오."

"내 말을 뭐로 들었어? 이건 가르침을 내리는 거라니까. 보고 배워야 하는 거야."

"보아하니 구전 때문에 그러는 것 같은데, 얼마요? 내가 내겠소."

말과 함께 화무강이 품속을 뒤져 철전 꾸러미를 꺼냈다. 족히 스무 냥은 될 법한 돈이었다.

"오호, 제법 착실히 모았나 보군. 염려 말라고. 자네 돈은 나중에 따로 받을 테니. 우선 이 새끼 훈계부터 하고."

말과 함께 장일이 다시 몽둥이를 쳐들었다.

화무강이 좌수를 뻗어 장일의 손목을 덥석 잡았다.

"이러면 좋지 않아."

장일이 눈알을 희번덕거렸다.

"부탁이오. 이쯤에서 멈춥시다."

"여기까지만이야. 더 나서면 나도 못 참아."

장일이 장대한 체구의 화무강을 밀치며 나아갔다.

그 순간 화무강이 장일의 손목을 잡아 꺾었다. 작지 않은 체구의 장일의 몸이 허공으로 붕 뜨더니 한 바퀴를 돌아 땅바닥에 패대기쳐졌다.

"이 미친 새끼가!"

장일이 벌떡 일어나면서 발작적으로 외쳤다.

잽싸게 품속으로 들어갔다가 나오는 그의 손엔 어느새 시퍼런 비수가 들려 있었다. 때를 맞추어 화무강을 에워싼 다른 자들도 비수를 뽑아 들었다.

"죽여라!"

장일의 일갈을 필두로 여섯 명이 일제히 덤벼들었다. 쉭쉭 소리가 섬뜩하게 울리며 여섯 개의 비수가 허공을 난도질해 댔다.

사람들은 간절히 바랐다.

명부동에서 유일하게 사람 같은 사람 화무강이 저 흉악한 놈들을 개 패듯이 패주길. 그래서 명부동에도 희망이 있다는 걸 아이들에게 보여주길.

화무강은 사람들의 바람을 저버리지 않았다.

바람을 가르며 날아드는 비수를 귀신같은 솜씨로 피하는 와중에도 한 놈씩 한 놈씩 면상을 두들긴 것이다. 퍽퍽 소리가 요란하게 울리길 한참, 장일을 비롯해 여섯 명의 왈짜가 대(大) 자로 뻗었다.

"우와!"

군중 속에서 우레 같은 함성이 쏟아져 나왔다.

무공을 가진 자와 잃은 자의 차이는 하늘과 땅만큼이나 컸다. 아무리 비수를 들었다고는 해도 힘만 센 왈짜들이 화무강을 당할 수는 없었다.

문제는 그 이후에 일어났다.

기나옹이 일어섰다.

박수갈채와 함께 함성이 뚝 그쳤다.

명부동 전체가 찬물을 끼얹은 것처럼 조용해졌다.

오 척 단구의 작은 체격에 구부정한 등, 하나밖에 남지 않은 팔, 거기에 눈동자는 일 년 내내 게게 풀어져 있고, 하나 남은 팔마저 학 다리처럼 얇아 닭 모가지 비틀 힘도 없어 보였다. 기나옹은 한마디로 볼품없는 몰골 그 자체였다.

한데 그는 명부동의 왕이다.

체구의 크고 작음으로, 팔 하나 더 있고 없는 것으로는 단정할 수 없는 힘이 그에게는 있었다. 그건 그가 익힌 독특한 단검 박투술 때문이었다. 일 척에 불과한 단검 한 자루로 펼치는 그의 박투술은 흑도 방파의 수장이었다는 소문이 거짓이 아니었음을 말해주었다.

기나옹이 화무강을 향해 성큼성큼 걸어갔다.

십 보, 칠 보, 삼 보…….

기나옹도 외공을 익혔고 화무강도 외공을 익혔다. 외공과 외공의 대결이 펼쳐지려는 순간 광장은 쥐 죽은 듯한 침묵이 흘렀다.

피할 수 없는 싸움이라면 공격이 최선이다.

미리부터 준비하고 있던 화무강이 힘차게 주먹을 뻗었다.

절굿공이 같은 주먹이 기나옹의 측두부를 향해 날아갔다. 기나옹은 왼팔을 들어 가볍게 막아냈다.

퍽!

둔탁한 육장음이 울렸다.

그 순간 화무강이 기나옹의 완맥을 틀어쥐었다. 동시에 허리를 깊숙이 밀어 넣으며 기나옹을 공중으로 띄웠다. 앞서 장일을 메다꽂을 때와 비슷한 수법이지만 동작이 훨씬 크고 위력적이었다.

거기에 더해 한 팔을 잡힌 기나옹에겐 반격할 다른 팔이 없었다. 반 토막밖에 안 되는 기나옹은 화무강의 등을 타고 맥없이 날아갔다.

그 순간, 놀라운 일이 벌어졌다.

기나옹의 오른팔 소맷자락이 마치 살아 있는 것처럼 화무강의 목을 휘감은 것이다. 바닥으로 떨어지는 순간 기나옹은 소맷자락을 힘차게 잡아당겼다.

장대한 체구의 화무강이 맥없이 딸려가더니 허공을 한 바퀴나 돌아 철퍼덕 떨어졌다. 상대의 힘을 역이용하는 사량발천근의 수법이다. 기나옹은 벼락처럼 일어서는 화무강을 향해 측각을 날렸다.

빡!

턱을 정통으로 맞은 화무강의 고개가 팩 돌아갔다. 그 순간, 엽무백은 화무강이 좌권을 비틀다가 흘리는 걸 보았다.

일순간 기나웅도 그걸 본 모양이다.

품속에서 비수를 뽑아 들려던 기나웅은 화무강의 권로가 흔들리자 아래쪽을 질풍처럼 파고들어 무릎으로 일격을 가했다.

퍽!

둔탁한 타격음과 함께 화무강이 그 자리에 풀썩 무릎을 꿇었다. 옆구리를 잡고 꺽꺽거리는 화무강의 어깨에 기나웅이 한 발을 올려놓았다.

기나웅이 슬며시 힘을 주자 화무강이 고통스러운 표정과 함께 앞으로 고꾸라졌다. 장일 일당 여섯을 눈 깜짝할 사이에 때려눕힌 화무강도 기나웅에게는 오초지적에 불과했던 것이다.

"죽고 싶으냐?"

기나웅의 입에서 쉿소리가 흘러나왔다.

화무강은 어금니를 빠드득 갈았지만 감히 항거할 수 없었다. 옆구리의 경문혈(京門穴)은 맞는 순간 숨이 턱턱 막히며 힘을 끌어올릴 수가 없었다.

"죽고 싶은 사람도… 있소?"

"그런데 왜 까불어?"

"사람이 사람을 그렇게 대하면 안 되는 것이오."

"영웅이 되고 싶으냐?"

"난 다만 인간의 존엄에 대해 말했을 뿐이오."

"겉멋이 잔뜩 들었군. 길어야 백 년을 사는 게 인간이다.

눈 한 번 질끈 감으면 여생을 편안하게 살 수 있는데 왜 그걸 마다해. 어때, 지금이라도 내 수하가 되지 않겠나? 네놈 정도의 솜씨라면 장일의 자리를 줄 수도 있다."

그 한마디에 쓰러져 꺽꺽거리던 장일의 두 눈이 튀어나올 듯 커졌다. 하지만 그가 우려했던 일은 일어나지 않았다.

"나보다는 당신의 살날이 얼마 남지 않은 것 같구려. 지금이라도 늦지 않았소. 부디 사람들을 불쌍히 여겨주시오."

"말귀를 못 알아듣는 놈이로군."

기나옹이 발에 힘을 주었다.

화무강의 얼굴이 고통으로 일그러졌다.

턱이 빠지며 으드득 소리가 났다. 화무강의 얼굴이 점점 짓이겨지며 바닥의 모래를 파고들었다. 이대로 밟아 죽이려는 것이다. 마치 벌레처럼.

그때였다.

쒜애액!

귀청을 찢는 파공성에 기나옹은 벼락처럼 돌아서며 자세를 낮추었다. 한데 아무 일도 일어나지 않았다. 아무것도 보이지 않았다. 분명 등을 향해 비수가 날아오는 소리를 들었는데 사방은 쥐 죽은 듯 고요하기만 했다.

광장에 모여 있는 사람들은 기나옹의 이런 행동이 이해가 되지 않는 듯 멀뚱멀뚱 지켜만 보았다. 그들은 파공성을 듣지 못한 모양이다.

그때 기나옹의 눈에 한 사람이 들어왔다.

저만치 담벼락 아래에 비스듬히 누워 자신을 보고 있는 청년. 그의 눈빛을 마주하는 순간 기나옹은 두 개의 칼끝이 자신을 노려보는 듯한 충격을 받았다. 하지만 그 눈빛은 순식간에 사라졌다.

'뭐지?'

"저, 저 인간이 왜 날 쳐다보지?"

왕거지가 흠칫 놀라며 중얼거렸다.

"뭘 잘못한 게 있나 보지."

엽무백이 말했다.

"내가 저 인간하고 엮일 일이 뭐 있어서."

"노인장이 자기 욕하고 다닌다는 걸 알았나 보오."

"아무리 그래도 그렇지, 싸우다 말고 느닷없이 왜 날……. 어어, 이리로 오는데. 젠장, 젠장, 젠장!"

놀란 왕거지가 거적을 말아 쥐고 튈 준비를 했다.

그 순간, 기나옹의 걸음이 우뚝 멈췄다. 일단의 무리가 말을 타고 명부동으로 들어섰기 때문이다.

선두에 나란히 선 장년인과 백발노인, 그리고 그들을 호위하고 온 듯한 사십여 명의 무사들이었다. 노인은 화려한 채색의 비단옷에 보옥이 요란하게 박힌 요대를 찼는데, 한눈에 보아도 대단한 고수임을 알 수 있었다.

　엽무백은 그를 본 적이 있다.

　이곳 황벽도에서 일어나는 모든 일을 설계하고 관리한다는 백발호가 바로 그였다. 장년인은 백발호와 달리 검소한 청의 무복에 흑발의 머리카락을 단정하게 묶었는데 짙은 눈동자에서 뿜어져 나오는 기도가 예사롭지 않았다.

　아마도 그가 황벽도주일 것이다.

　"기나옹, 무슨 일인가?"

　백발호가 기나옹을 사납게 쏘아보며 물었다.

　"별일 아닙니다. 질서를 해치는 자가 있어서 잠시 훈육 중이었습니다."

　기나옹은 허리가 부러지도록 굽실거렸다. 명부동에선 왕으로 군림하는 그도 백발호 앞에서는 한 마리 생쥐에 지나지 않았다.

　"명부동에 사는 사람들은 모두 신교의 재산이다. 함부로 노동력을 상실하게 했다간 경을 칠 것이다."

　"이를 말씀입니까요. 한데 이 시간에 여긴 어쩐 일로……?"

　기나옹이 다시 한 번 머리를 조아리며 물었다.

　백발호는 대답 대신 침잠한 눈으로 광장을 쓸어보았다.

　"저 쌍것들이 여긴 웬일이지?"

　왕거지가 뱁새눈을 뜨고 말했다.

"저 장년인이 도주인 듯하오만."

엽무백이 물었다.

"왜 아니겠나. 저 인간이 바로 쌍살검(双殺劍) 백악기야. 두 자루 묘검을 귀신같이 휘두르는데 과거 무림에서 적수를 찾기 어려울 정도로 고강했지. 한때는 수사천성 남부의 문파 일곱 곳을 규합해 마교에 저항하던 협의지사였지만 지금은 동료들을 배신하고 매혼자(賣魂者)가 되었다네."

마교가 천하를 일통한 후 수천에 달하던 무림 방파는 숫자가 절반으로 줄어들었다. 그렇게 살아남은 자들은 무맥을 보존하기 위해 마교도가 되었고, 사람들은 그런 자들을 일컬어 영혼을 팔았다는 뜻에서 매혼자라 불렀다.

엽무백은 실눈을 뜨고 왕거지를 바라보았다.

이렇게 세세한 정보들을 그는 도대체 어디에서 주워듣는 걸까? 거기까지 생각이 미쳤을 때 문득 떠오르는 것이 있었다. 그러면 혹시 백발호에 대해서도 아는 게 있지 않을까?

"백발호라는 노인은 어떻소?"

"전형적인 노마두지. 동남동녀 백 명의 피에 교룡의 힘줄을 침강시켜 만든 혈편(血鞭)을 귀신같이 다루는데 그 혈편에 찢겨 죽은 무림의 정영이 한둘이 아니라네."

백발호의 서늘한 안광이 광장의 구석구석을 훑을 때마다 사람들은 눈길을 피하기 바빴다. 분위기가 무르익었을 무렵 백발호가 입을 열었다.

"열흘 전, 역도 하나가 무공을 감추고 황벽도로 숨어들었다는 전갈을 받았다. 그자는 신교에서 오래전부터 추격하고 있는 인물로 매우 위험한 자다. 이제부터 그자를 색출해 내겠다. 한 발자국이라도 움직이는 자는 이유 불문 배를 가를 것이니 명심하도록."

백발호의 말이 끝나기 무섭게 사십여 명의 무사가 일제히 칼을 뽑아 들었다. 일부는 광장의 출입구를 막고 일부는 백발호와 백악기를 중심으로 사방으로 퍼졌다. 혹시나 있을지 모르는 집단행동을 억누르기 위한 것이었다.

엽무백의 눈동자가 착 가라앉았다.

열흘 전이라면 자신이 타고 왔던 배가 유일했다.

뭔가 심상치 않았다.

"열흘 전에 온 자들은 모두 앞으로 나서라."

백발호의 입에서 일갈이 터져 나왔다.

군중은 크게 술렁이며 옆 사람들을 살폈다.

시간이 흘러도 나오는 사람이 없자 백발호의 눈동자에서 불똥이 튀었다.

"그날 들어온 자들을 모두 죽일까?"

비로소 사람들이 하나둘씩 광장의 가운데로 나가기 시작했다. 화무강과 진자강도 어슬렁거리며 중앙으로 나아갔다. 백발호의 눈동자가 사람들을 빠르게 훑었다. 화무강은 물론 지금까지 나온 사람들 중에는 없었다. 잠깐 머물렀다가 사라지는 백발호의 눈동자가 그걸 말해주었다.

'역시 나였군.'

엽무백이 천천히 몸을 일으켰다.

기왕 이렇게 되었다면 한 사람을 인질로 잡고 섬을 빠져나가야 한다. 백악기와 백발호 중 어느 쪽이 나을까? 지위야 백악기가 높지만 마교의 인물들을 움직이려면 아무래도 백발호 쪽이 나을 것 같았다.

그 순간, 그림자 하나가 광장을 빗살처럼 가로질렀다. 나는 듯 달려간 사내는 광장의 입구를 막고 있는 무사들을 향해 그대로 돌진했다. 엽무백으로서는 기억조차 나지 않는 사람이다.

놀란 말이 앞발을 높이 치켜들며 울부짖었다. 무사 하나가 사내를 향해 힘차게 칼을 휘둘렀다. 그 순간 사내의 신형이 아래로 쑥 꺼졌다. 말의 배 밑을 지나 반대편에서 솟구친 사내가 무사의 허리를 후려쳤다.

퍽!

무사가 말에서 굴러떨어졌다. 그 와중에도 무사는 허리를 비틀며 사내의 안면에 팔꿈치를 꽂아 넣었다.

놀라운 임기응변이었다.

퍽, 하는 소리와 함께 사내의 얼굴이 잠시 휘청했지만 이내 말을 가로채고 입구를 향해 달리기 시작했다.

그때였다.

쐐애애액!

귀청을 찢는 파공성과 함께 채찍이 날아와 사내의 목을 휘감았다. 사내가 목에 감긴 채찍을 뜯어내려 했지만 거센 힘을 이기지 못하고 말에서 떨어졌다.

임무를 다한 채찍이 스르륵 풀리는 순간 사내의 목덜미가 온통 피로 물들어 있었다. 채찍에 강철 비늘이 달렸던 탓이다. 채찍은 바닥을 다급하게 구르는 사내의 등짝을 다시 한 번 후려갈겼다.

짜악! 소리와 함께 몸을 일으키던 사내의 등이 활처럼 휘었다. 채찍이 한 번 스치고 갔을 뿐인데 등은 이미 핏물이 흥건하게 배어 나왔다.

세 번째 채찍질이 가해지는 순간 사내가 한 팔을 바깥으로 크게 휘둘렀다. 채찍이 팔뚝에 감기면서 팽팽한 대치가 이루어졌다. 채찍이 감긴 부위를 따라 핏물이 뚝뚝 떨어졌다.

"기대를 했는데 실망이군."

백발호가 말을 탄 채 말했다.

그 순간, 사내가 채찍을 힘껏 잡아당겼다. 팔뚝이 잘려 나가는 걸 감수한 일수였다. 백발호는 그 힘을 역이용해 허공을 날았다.

자신을 향해 질풍처럼 쏘아오는 백발호를 향해 사내가 강력한 일권을 내질렀다. 그 찰나의 순간 백발호의 손이 품속으로 들어갔다가 나왔다. 허공에서 은빛이 번쩍이더니 퍽, 소리와 함께 사내가 어깨를 부여잡으며 물러났다.

찰나의 순간 백발호가 비도를 날린 것이다.

여유 있게 바닥으로 떨어져 내린 백발호가 비웃음을 흘렸
다. 그러다 갑자기 웃음기를 싹 거두고는 무사들을 향해 음성
으로 말했다.

"죽여라!"

사내를 에워싼 십여 명의 무사가 차륜전(車輪戰)을 펼쳤다.
연거푸 부상을 당한 와중에도 사내의 신법은 비범했다. 사방
에서 떨어지는 칼날을 피할 때는 한 가닥 깃털 같다가도 빈틈
을 찾아 반격을 가할 때는 호랑이처럼 용맹했다.

퍽퍽! 소리와 함께 눈 깜짝할 사이에 두 명의 무사가 말에
서 떨어졌다. 찰나의 순간 사내가 칼 하나를 빼앗아 버렸다.
그때부턴 사내의 본격적인 반격이 시작되었다.

땅바닥에 착 달라붙어 말 다리를 잘라 진의 축을 무너뜨리
는가 하면, 말 등을 타고 솟구치며 적의 목을 베어가기도 했
다. 그러던 어느 순간, 사내가 질풍처럼 회전하며 솟구쳤다.
부드럽지만 강렬한 칼바람이 사방으로 몰아쳤다.

'회풍일섬(廻風一閃)……!'

엽무백의 눈빛이 착 가라앉았다.

점창 비전 회풍무류검(廻風舞流劍)의 일초다.

저 무공이 훔친 것이 아니라면 사내는 이제는 역사의 뒤안
길로 사라진 점창의 생존자였다.

세 명의 무사가 피를 뿌리며 물러났다. 점창 비전의 절초가 만들어낸 위력은 이처럼 가공했다. 그때 백악기가 우렁우렁한 목소리로 외쳤다.

"물러나라!"

백악기의 한마디에 무사들이 썰물처럼 물러났다. 백악기는 홀로 남은 사내를 향해 천천히 걸어갔다. 이윽고 대여섯 장을 남겨두었을 때 그는 말에서 내렸다.

"도호(道号)가 무엇인가?"

"배신자에게 가르쳐 줄 이름이 아니다."

사내가 서릿발처럼 차가운 음성으로 말했다.

"내 이름은 백악기다."

마치 네가 누구의 손에 죽는지는 알라는 듯 한마디를 흘린 백악기가 양손으로 요대의 머리를 뜯었다. 눈 깜짝할 사이에 그의 두 손엔 묘검(猫劍) 두 자루가 들려 있었다.

허리에 차는 다른 연검들과 달리 묘검은 휘는 성질이 낮다. 저렇게 허리에 두를 정도면 탄성을 극대화한 보검(宝劍)임에 틀림없었다.

백악기가 신형을 쏘았다.

검상의 사내도 신법을 펼쳤다.

하지만 백악기가 빨랐다. 십여 개의 검영이 빗살처럼 쇄도하며 전방을 휘감았다. 동시에 사내의 전신 곳곳에서 핏물이 터지기 시작했다.

파파파파팍!

극쾌의 검초는 눈 깜짝할 사이에 검상의 사내를 난자해 버렸다. 그건 점창의 무학을 이은 고수일지라도 어찌해 볼 수 없는 불가항력적인 빠름이었다.

백악기가 한 걸음 물러났다.

칼을 든 채 온몸을 부르르 떠는 사내의 전신은 이미 피로 홍건했다. 지금의 상황이 믿기지 않는다는 듯 백악기를 노려보는 사내의 눈동자에도 핏물이 고였다. 잠시 후 사내가 털썩 쓰러졌다.

절명이었다.

백악기는 묘검을 바깥으로 휘둘러 피를 털어낸 다음 다시 허리에 둘렀다. 두 자루의 검은 각기 다른 방향에서 허리를 휘감다가 배꼽 아래에서 철컥 소리를 내며 하나로 맞물렸다. 보옥이 박힌 검파에 연결 장치가 있는 모양이었다.

"신교의 사자를 죽인 대역 죄인이다! 놈의 목을 잘라 백 일 동안 광장에 내걸어라!"

백발호가 카랑카랑한 목소리로 외쳤다.

무사들이 사내의 시체를 끌고 어디론가 사라졌다. 잠시 후, 바깥으로 사라졌던 무인들이 몇 대의 수레에 술과 고기를 산더미처럼 싣고 돌아왔다. 사람들이 크게 술렁거렸다.

백발호가 모두를 향해 말했다.

"신교의 교주께서 특별히 하사하신 음식이다. 오늘 하루는

노역에서 해방시켜 줄 것인즉 마음껏 먹고 놀아라!'

이 무슨 뚱딴지같은 소리인가.

사람들은 서로의 눈치를 살폈다. 만인이 보는 앞에서 사람을 쳐 죽이더니 이제는 또 실컷 먹고 놀라고? 산해진미를 눈앞에 두고도 사람들은 무얼 어찌해야 할지 몰라 주저했다.

그때 광장을 질풍처럼 가로지르는 사람이 있었다. 왕거지였다. 왕거지는 행여나 선수를 빼앗길세라 냅다 달려가서는 호리병과 닭고기를 옷자락에 잔뜩 싸들고 왔다.

사람늘이 뒤늦게 한 명 두 명 달려가기 시작했다. 잠시 후에는 광장에 모인 사람 전부가 개떼처럼 달려들었다.

"느닷없이 웬 음식이오?"

엽무백이 물었다.

"내가 말 안 했나? 신궁에서 벌어지던 왕좌의 전쟁이 드디어 끝났다네."

"무슨… 뜻이오?"

"칠공자가 마침내 삼공자를 죽이고 혼세신교의 제팔대 교주가 되었다더군. 십만교도들이 신궁에 집결해 단지(斷指)로써 충성을 맹세했다던걸."

"……!"

第五章 별이 지다

十兵鬼
십병귀

별이 돋기 시작한 저녁, 엽무백은 절벽에 서서 바다를 바라보고 있었다. 차가운 바람이 옷섶을 파고들어 온몸을 차갑게 식혔다.

장벽산의 죽음은 충격적이었다.

각오를 하고 있었는데도 그랬다.

호탕하게 웃던 그의 얼굴이 머릿속에서 떠나질 않았다. 복수를 해줄 생각은 없었다. 무림인이란 어차피 칼끝에 인생을 거는 존재들이 아닌가.

장벽산과 칠공자는 그들만의 방식으로 최선을 다해 싸웠고 승부가 났다. 패배자의 말로가 죽음이라는 걸 처음부터 알고 시작한 싸움이다. 억울한 죽음이 아닌 걸 누구에게 책임을 묻는단 말인가.

한데 왜 이렇게 피가 끓어오른단 말인가.

"아까는 고마웠소."

어느새 곁에 다가온 화무강이 말했다.

"뭐가 말이오?"

"엽 형이 암경(暗勁)을 쏘아 기나옹을 경동시킨 것 알고 있소. 덕분에 위기를 모면할 수 있었소."

조금 의외였다.

애초 예상했던 것보다 외공을 깊게 익혔다는 건 알고 있었지만 암경을 알아볼 정도의 안법을 지녔을 줄이야.

"수일 내로 기나옹을 없앨 것이오."

"……?"

"기나옹을 따르는 무리가 점점 늘어나고 있소. 알다시피 그들은 일도 하지 않으면서 사람들에게 뜯은 돈으로 주루를 돌며 유흥으로 탕진하고 있소. 그 탓에 많은 사람들이 치르지 않아도 될 곤욕을 치르고 있소이다. 욕심이란 만족을 모르는 법. 이대로 가면 뜯어가는 돈의 액수가 점점 커질 것이고, 굶어 죽는 사람들이 속출할 것이오. 아시다시피 명부동엔 아이들이 많소. 삶이 팍팍해지면 가장 먼저 아이들이 죽을 거요."

"하고 싶은 말이 뭐요?"

"힘을 보태주시오. 이미 여섯 명이 동참하겠다는 의사를 밝혔소."

"내가 왜?"

"이십 장의 거리에서 암경을 쏘아 기나옹 같은 고수를 경동시키는 것이 어떤 경지인지 알고 있소. 엽 형까지 나서준다면 큰 힘이 될 것이오."

"왜 실력을 숨겼소?"

"무슨 말이오?"

"기나옹과 싸울 때 당신은 최선을 다하지 않았다. 당신을 포함해 여섯 명이 합공을 하면 기나옹은 죽이고도 남소. 나까지 끌어들이려는 건 무슨 꿍꿍이속이오?"

"그건……."

"경고하는데, 내게서 신경 끄시오."

엽무백은 화무강이 말할 기회를 주지 않았다.

싸늘하게 몰아붙인 후 엽무백은 다시 바다로 시선을 던졌다. 축객령이었다. 하지만 화무강은 돌아가지 않았다.

"금사도(金砂島)를 아시오?"

엽무백이 화무강을 천천히 돌아보았다.

눈동자는 어느 때보다도 착 가라앉아 있었다.

—마도의 하늘 아래 살 수 없는 자, 금사도로 오라.

마교가 무림을 일통하고 난 후 온갖 괴소문이 떠돌았다. 마교주가 인간이 아니라더라, 죽은 무림맹주가 부활했다더라, 풍운조화를 부리는 괴인이 홀로 마교의 타격대 삼백을 섬멸했다더라, 천신이 노해 마궁에 벼락 일천 개를 떨어뜨렸다더라…….

금사도에 대한 이야기 역시 확인되지 않은 수천 개의 괴소문 중 하나에 불과했다. 무적의 고수를 중심으로 무림의 정영들이 금사도에 모여 대대적인 반격을 준비 중이라는…….

한데 지금 이 순간 왜 금사도가 나오는가.

화무강의 말이 이어졌다.

"실은 기나옹을 제거한 후에 말하려고 했소. 엽 형에게 호감을 느끼긴 했지만 사안이 워낙 중요한 터라 신분을 확인하는 과정이 필요했으니까. 하지만 오늘 엽 형이 보여준 행동을 보고 정도명문의 제자라고 확신하게 되었소. 우리와 함께 금사도로 갑시다."

엽무백은 실소를 감출 수가 없었다.

정도명문의 제자라고 확신한다고?

금사도로 함께 가자고?

자신의 진면목을 알고도 화무강은 저렇게 말할 수 있을까? 금사도에 모여 있다는 무림의 정영들은? 웃기지도 않는 제안이었다.

"금사도를 직접 보았소?"

"인도자(引導者)를 알고 있소."

"인도자?"

"세상 곳곳에 숨어 금사도로 가는 길을 은밀히 도와주는 자들이 있다고 들었소. 기나옹을 죽이고 섬을 탈출한 다음 그들과 접촉해 볼 작정이오."

"내게 금사도를 언급하는 순간 당신은 이미 한 번 죽은 목숨이오. 세상에 나가서 다시 금사도를 입에 올리는 순간 당신과 당신의 동료들은 보다 확실하게 죽을 것이오."

"나는 가슴으로 말을 하는데 엽 형은 머리로 듣고 있구려."

"무어?"

"나도 우리의 행보가 성공할 거라고는 생각하지 않소. 중요한 건 우리가 세상을 바꾸기 위해 무언가를 했다는 것이고, 우리의 행동이 누군가에게는 희망이 될 거라는 거요."

엽무백이 화무강의 멱살을 와락 틀어쥐었다.

"분명하고 확실하게 말하지. 난 마교의 적도 아니지만 너희의 편도 아니야. 난 지금이 나쁘지도 않고 바꿀 생각도 없다. 그러니까 싸우려거든 너희끼리 싸워!"

엽무백이 화무강을 던지듯 내팽개쳤다.

화무강의 표정이 흠칫 굳었다.

짧은 순간 엽무백의 동공에 맺힌 살광과 뼛골을 시리게 만드는 한기는 정공을 익힌 사람의 그것이 아니었다. 화무강의 눈동자에 의혹이 짙게 서렸다.

그때 진자강이 허겁지겁 달려왔다.

눈두덩이 시퍼렇게 멍들었는데 그새. 또 누군가에게 얻어 터진 모양이다.

"아저씨, 큰일 났어요. 장일이 제게서 강탈한 돈으로 오늘 누나를 살 거래요. 그 인간은 변태 미치광이예요. 장일이 도착하기 전에 아저씨가 먼저 좀 가주세요."

화무강에게 하는 말이었다.

하지만 화무강은 곤란하기 짝이 없다는 표정을 지었다.

"이를 어쩐다……."

"안 돼요?"

"나도 꼭 도와주고 싶은데 오늘은 정말 중요한 일이 있단다. 미안하다, 자강아."

진자강은 혀로 입술을 핥으며 엽무백을 곁눈질했다. 슬쩍슬쩍 비치는 얼굴엔 초조한 기색이 역력했다.

"충고 하나 해줄까?"

"……?"

"칼을 하나 구해 품속에 넣고 다녀. 그리고 기회를 봐서 그 칼로 장일을 찔러. 네가 꼬마가 아니라는 걸 보여주란 말이다."

"그러다 장일이 절 죽이면요."

"죽기 싫으면 비굴하게 살든가. 마음만 바꿔먹으면 그것도 나쁘지 않다. 대신 지금 지키려는 것들은 포기해야 해."

엽무백은 미련없이 돌아섰다. 죽는 게 무서워서 싸우지 못한다면 평생 비굴한 삶을 살 수밖에 없다. 살아남는 법을 가르쳐 줬으니 선택은 녀석의 몫이었다.

"저도 장일을 죽이고 싶어요."

"……"

"하지만 지금 제 실력으론 어림도 없어요. 그래서 강해질 때까지는 다른 사람들에게 부탁을 할 수밖에 없어요. 이런 제가 잘못한 건가요?"

말이 끝나기 무섭게 진자강이 무릎을 꿇었다. 머리 위로 쭉 뻗는 두 손에 철전 쉰 냥이 들려 있었다.

"부탁합니다, 엽 아저씨."

*　　　*　　　*

엽무백이 천금루(千金樓)로 들어선 것은 술(戌)시 말 무렵이었다. 보통 사람들에겐 하루를 마감하는 시간이지만 주루를 찾은 술꾼들에겐 한창 흥이 오르는 때였다.

"어서 옵쇼."

점소이가 수건에 손을 닦으며 쪼르르 달려왔다.

"방 하나 내어주고 초월(初月)이를 불러줘. 화주도 한 병 올려보내고."

말과 함께 엽무백이 은전 한 냥을 내밀었다.

초월이와 하룻밤을 보내는 것은 철전 쉰 냥이면 족했다. 은

전 한 냥을 낸 것은 해가 중천에 뜰 때까지도 부르지 말라는 뜻이다. 점소이가 은전을 받아 들더니 얼굴을 바짝 들이대고 속삭였다.

"오늘은 취향을 한번 바꿔보시는 게 어떻겠습니까? 수향이가 진작부터 대협을 흠모하고 있습니다. 보셔서 아시겠지만 낭창낭창한 허리가 일품이지요. 어떻게, 내친김에 오늘 땀 한번 흘려보시렵니까?"

"됐어."

엽무백이 점소이를 제치고 계단을 오르려 했다. 한데 점소이가 황급히 엽무백을 막아섰다.

"수향이가 마음에 안 드시면 월향이는 어떻습니까? 얼마 전에 새로 왔는데 이름 그대로 달덩이처럼 풍만한 것이 육덕한 맛이 있다더군요."

환경 탓일까?

코밑에 아직 수염도 돋지 않은 녀석의 입이 여간 걸지 않았다. 진자강과 붙여놓으면 볼만하겠다.

"오늘따라 왜 이렇게 말이 많아?"

"초월이는 좀 곤란합니다요."

"왜?"

"좀 전에 막 손님을 받았거든요."

"누군데?"

"장일입니다."

"……."

"……?"

"그렇군."

장일이 먼저 들어갔다면 어쩔 수 없다.

엽무백은 돈을 돌려받아 밖으로 나왔다.

자신은 할 만큼 했으니 진자강도 더는 뭐라 못할 것이다. 문득 하늘을 올려다보니 별이 총총했다. 오늘따라 날씨가 쌀쌀했다. 아마도 그래서였을 것이다. 하루쯤 따뜻한 방 안에서 자도 괜찮을 것 같다는 생각이 든 것은.

엽무백은 다시 객점 안으로 들어갔다.

"어, 또 오셨네요. 월향이로 하시겠습니……."

"올라오면 죽을 줄 알아."

엽무백은 은전을 휙 던져주고는 곧장 계단으로 올라갔다. 이층의 회랑을 따라 십여 개의 방이 있었다. 천금루는 말이 주루지 실제로는 색주가(色酒家)였다.

엽무백은 첫 번째 방문을 활짝 열어젖혔다.

"아악!"

"누, 누구야!"

이불 속에서 알몸으로 뒹굴던 남녀가 고함을 질렀다. 엽무백은 옆으로 옮겨 두 번째 방문을 열었다. 역시나 놀란 남녀의 고함이 터져 나왔다. 세 번째, 네 번째, 다섯 번째 방문을 계속해서 열었다. 놀란 기녀의 비명과 차마 입에 담기조차 껄끄러운 사내의 욕설이 연속적으로 터져 나왔다.

아홉 번째 문을 열었을 때 낯익은 등짝이 보였다. 웃통을 홀러덩 벗어젖힌 장일은 막 바지를 벗어 던지려는 참이었다.

"뭐, 뭐야!"

장일이 황급히 바짓가랑이를 올리며 고개를 꺾었다. 엽무백을 알아본 장일의 눈이 튀어나올 듯 커졌다.

"너 이 새끼……!"

"뭐라고?"

뭔가 심상치 않은 일이 일어나고 있음을 알아차린 장일이 탁자 위에 놓아둔 비수를 향해 몸을 던졌다. 하지만 다시 내려온 바짓가랑이에 걸려 털썩 넘어졌다.

탁자에 손가락 끝이 아슬아슬 걸리면서 술과 음식 따위가 머리 위로 우르르 쏟아졌다. 그 와중에도 장일은 재빨리 비수를 집어 들고는 벼락처럼 솟구쳤다. 동시에 엽무백을 향해 비수를 힘차게 뻗었다.

엽무백은 가볍게 한 발을 뻗었다.

선 자리에서 아무런 예비동작도 없이 그냥 내지른 일격. 퍽! 소리와 함께 장일이 배를 잡고 굴렀다. 엽무백이 놈을 따라가며 얼굴을 사정없이 찼다.

빡!

"너 이 새끼, 죽으려고……!"

빡!

"이게 뭐하는 짓……!"

빡!

"크억! 도대체 왜 이러는……!"

빡, 빡, 빡, 빡…….

연이은 발길질을 견디지 못한 장일은 몸을 벌레처럼 웅크렸다. 손에는 아직도 비수가 들려 있었지만 그는 내지르지 못했다. 일어서려면 발이 날아오고, 일어서려면 발이 날아왔기 때문이다.

뻐억!

지금까지와는 다른 묵직한 것이 하복부에 꽂혔다는 생각이 드는 순간 장일은 자신의 몸이 붕 떠오르는 것을 느꼈다.

콰앙!

탁자가 박살 나며 장일이 나동그라졌다.

대(大) 자로 뻗은 장일은 내장이 쩔쩔 울리는 고통을 느꼈다. 얼굴은 만신창이가 되었으며 입안은 무자비한 폭력의 잔해가 한가득이었다.

엽무백은 장일의 관자놀이를 툭 차서 얼굴을 옆으로 돌리게 했다. 그런 다음 놈의 머리통을 밟아 뭉갰다. 기나옹이 화무강에게 했던 것과 똑같은 방식이었다.

"도, 도대체 왜 이러는 거요……."

"나도 너희 패에 낄까 생각 중이야."

"그럼 정식으로 말을 할 것이지 왜 날……?"

"졸자는 싫어. 그래서 실력을 증명해 보여야겠는데 마땅한 사람이 없더란 말이지. 그러다 마침 네가 이리로 들어오는 걸 보았지."

"난 기나옹의 아우요. 날 이렇게 만든 당신을 그가 끼워줄 것 같소?"

"난 끼워줄 것 같은데?"

"……!"

장일의 얼굴이 흠칫 굳었다.

기나옹은 분명 그럴 것이다.

수하들을 언제든 치워 버릴 똥으로 아는 작자가 바로 기나옹이다. 자신이 화무강에게 맞아 광장에 쓰러졌을 때도 아랫배를 걷어차며 병신새끼라고 욕한 사람이 기나옹 아닌가.

장일의 눈에 비친 엽무백은 무술을 익혔다.

무술을 익힌 엽무백이 수하가 되기를 자처하는데 기나옹이 거절할 리가 없다. 오히려 쌍수를 들고 환영할 것이다. 그렇게 되면 자신은 찬밥신세다. 기나옹 덕에 호의호식하는 것은 물론 오늘처럼 계집질을 하는 것도 끝이다.

"여태 조용히 지내시다가 왜 갑자기……."

장일의 말투가 갑자기 공손해졌다.

"난 네가 싫어. 네가 품었던 여자를 품는 건 더 싫어. 그래서 네 목을 빼 들고 기나옹을 찾아갈까 생각 중이야. 난 기나옹이 받아줄 것 같은데, 네 생각은 어때?"

장일은 필사적으로 눈알을 굴려 이불을 말아 쥐고 있는 초월을 바라보았다. 어떻게 된 사정인지 모르지만 엽무백이 저 계집을 마음에 둔 것 같았다.

천금루를 들락날락하더니 그새 정분이 난 모양이다. 충분히 이해가 갔다. 워낙 지옥 같은 곳이다 보니 남녀가 정을 통하면 추남추녀라도 불똥이 튀게 마련이다.

그런 이유로 야반도주를 하다가 붙잡혀 죽은 남녀가 한둘이 아니었다. 하물며 초월이 같은 미녀라면······.

장일은 벌떡 몸을 일으켜 엽무백의 앞에 무릎을 꿇었다. 동시에 머리를 조아리며 필사적으로 사정했다.

"다시는 그녀를 찾지 않겠습니다."

"입 벌려."

"이, 입은 왜······."

"벌려, 개새끼야."

장일이 입을 찢어져라 벌렸다.

툭 튀어나온 눈동자는 공포에 질려 있었다.

엽무백은 술잔을 장일의 입속에 박아 넣었다. 그 상태에서 놈의 아래턱을 후려 찼다. 퍽! 소리와 함께 장일의 고개가 팩 돌아갔다.

이가 문제가 아니었다. 술잔이 깨지면서 사금파리가 혀와 입천장에 사정없이 박혔다. 좀 전보다 두 배나 많은 피가 흘러나왔다.

"꺼져."

엽무백의 말이 떨어지기 무섭게 장일은 여기저기 널브러진 옷가지들을 챙겨 들고는 잽싸게 튀어 나갔다.

뒤탈은 없을 것이다.

엽무백이란 존재를 숨기기 위해서도 장일은 오늘 일을 절대로 기나웅에게 말하지 않을 테니까. 다만 그 스스로 언제든 복수를 하려 들 것이다.

엽무백은 넘어진 술병을 집어 들었다.

배가 볼록한 호리병인지라 술이 약간 남아 있었다. 운이 좋았는지 그런 술병이 몇 개 더 있었다. 엽무백은 남은 술을 하나의 병으로 모은 다음 창가 쪽 의자에 가서 앉았다.

한숨이 나왔다.

이렇게까지 할 생각은 아니었는데…….

이게 다 장벽산 때문이다. 놈이 죽었다는 소식을 듣고 평정심이 흔들리고 있었다. 좋지 않다.

"운명을 믿으세요?"

초월이가 느닷없이 물었다.

엽무백이 초월이를 향해 천천히 돌아보았다.

의아했다.

처음 진자강의 부탁을 받고 이곳으로 왔을 때 그녀는 말없이 술을 따라주다가 또 말없이 옷을 벗고 이불 속으로 들어갔다. 엽무백은 혼자서 계속 술만 마시다 동이 터 오를 무렵 주루를 떠났다.

그 후 일곱 번을 더 찾아왔지만 매번 같은 식이었다. 두 사람은 제대로 된 대화를 나눠본 적이 없다. 그녀는 무슨 말을 하고 싶은 것일까?

"전 운명이 있을까 봐 겁나요. 태어나면서부터 누군가의 삶이 정해져 있다면 인간의 자유 의지는 없는 거잖아요. 그럼 제가 아무리 노력해도 이 생활을 벗어날 수 없겠죠?"

엽무백은 호리병을 꺾었다.

화주가 목구멍을 타고 흘러내려 갔다.

그래서였을까? 그래서 아무리 노력해도 장벽산은 칠공자를 이길 수 없었을까? 그게 정말로 그의 운명이었을까?

"자강이가 보냈죠?"

"……?"

호리병을 꺾던 엽무백의 손이 멈췄다.

그녀는 알고 있었던 것이다.

하긴 모르는 게 더 이상했다. 엽무백과 화무강이 번갈아 찾아와 자신을 지명해 놓고는 일언반구도 없이 술만 마시다 떠나는데 어찌 모를까.

"그렇게 강한 녀석은 처음 봤어요. 처음 봤을 때만 해도 동냥으로 연명하던 코찔찔이였는데, 어느새 다른 사람까지 돌봐줄 줄도 알고."

"남매가… 아니었나?"

"사 년쯤 전 사천성 성도의 저자에서 처음 만났어요. 그때 전 상단을 따라다니며 심부름을 했는데, 먹다 남은 만두를 나눠 줬더니 온종일 제 짐을 들어주며 따라다니더라고요. 그때부터 함께 다녔죠. 함께 이삭도 줍고, 물고기도 잡고, 심부름도 하고……. 그러다 우연히 자강이를 아는 사람을 만나 화전민촌으로 들어갔죠."

갈 곳을 잃은 두 사람이 남매처럼 의지하며 살았나 보다. 두 사람의 사연이 훈훈하다기보다는 이런 세상이 갑자기 짜증스럽다는 생각이 들었다.

술을 모두 비우자 엽무백은 자리에서 일어났다. 창문을 열고 뛰어내리기 직전 뒤를 돌아보며 말했다.

"운명이 있는지 없는지는 나도 모른다. 있다고 해도 난 상관하지 않을 거야. 끝까지 가보기 전엔 어떻게 끝날지 모르는 거니까."

*　　　*　　　*

쏴아아……!

비가 내렸다.

주루로 올 때까지만 해도 달빛이 휘영청 했는데 갑자기 쏟아지는 걸 보면 오래갈 비는 아니었다.

한적한 곳에서 밤을 보낸 후 명부동으로 돌아갈 작정이었던 엽무백은 난감했다. 그렇다고 지금 명부동으로 돌아가는 것도 탐탁지 않았다. 일찍 돌아가면 수다쟁이 왕거지가 잠도 안 자고 꼬치꼬치 캐물을 것이기 때문이다. 그건 생각만 해도 끔찍했다.

'어떻게 한다?'

엽무백은 바람으로 흩어졌다.

한참을 달리다 보니 언젠가 보아두었던 목옥이 보였다. 지붕을 높다랗게 올린 목옥은 황벽장의 무사 하나가 첩과 함께 살다가 떠난 폐가였다.

안으로 들어가 보니 예상보다 파손이 심했다. 지붕 곳곳에선 비가 샜고 바닥은 많지 않은 비에도 물이 흥건했다.

마른 풀을 가져다 깔면 하룻밤 보내는 데는 별문제 없을 것 같았다. 하지만 우중에 마른 풀을 구할 수도 없거니와 하룻밤을 보내자고 그런 수고를 하자니 그것도 멍청한 짓 같았다.

엽무백은 신형을 날려 대들보 위로 올라갔다.

비가 새지 않는 지점을 고른 다음 중심을 잡고 누우니 그런대로 쓸 만했다. 천장을 두들기는 빗소리는 점점 심해졌다.

명부동으로 가지 않길 잘했다는 생각이 들었다. 이런 날 명부동에서 자려면 여러 가지 귀찮은 일을 해야 한다. 이엉을 모아다가 우막을 치고 돗자리 가장자리를 따라 물이 침범하지 못하도록 도랑도 파야 한다.

그나마 그건 평상시 이엉을 준비해 둔 사람들 얘기고, 그것마저 없는 사람들은 돗자리를 도롱이처럼 뒤집어쓴 채 밤새 쭈그리고 앉아 오들오들 떨어야 한다.

엽무백은 후자에 속했다.

마음을 먹으면 천막을 구하는 것쯤이야 어렵지 않았지만, 이 것도 사는 거라고 이런저런 세간이 늘어나는 게 번잡스러웠다.

조용히 있는 듯 없는 듯 살다가 떠나는 게 이곳에서의 목표 라면 목표였다. 하지만 언제부턴가 그런 생활이 침범당하고 있었다. 한곳에 오래 머물면 이런 게 귀찮다. 곧 떠날 때가 된 것이다.

엽무백은 눈을 감았다.

그때, 문이 열리며 누군가 목옥 안으로 들어오는 기척이 느 껴졌다. 엽무백은 소리만으로 이어지는 괴인의 행동을 유추할 수 있었다. 괴인은 옷에 묻은 빗물을 툭툭 털어낸 후 화석(火 石)을 꺼내 불씨를 일으켰다.

틱틱!

갑자기 어두운 공간으로 들어오자 무서움에 본능적으로 주변을 살피려는 것이다. 등 아래로 불빛이 느껴졌지만 엽무 백은 돌아보지는 않았다.

기운을 안으로 갈무리해서 기척도 숨겼다. 대들보 위에 사 람이 있다는 걸 알면 깜짝 놀라며 이것저것 말을 걸어올 게 아닌가.

주의력이 없는 것인지, 아니면 처음부터 사람이 있을 거라곤 생각지 않았는지 괴인은 두어 번 불똥을 일으켜 보고는 멈췄다.

아마도 근처를 지나다 비를 피하기 위해 급하게 들어온 모양이다.

그런데 잠시 후, 또 한 명의 괴인이 들어왔다.

앞서 들어온 괴인이 어둠 속에서 물었다.

"이 형이오?"

"포 형?"

"그렇소."

"다른 사람들은?"

"내가 처음인 모양이오."

여기까지 얘기를 들었을 때 엽무백은 인상을 찌푸렸다. 저들이 누구인지 모르지만 여기서 모종의 모임을 갖기로 한 것 같았다. 그렇다면 앞으로 올 사람들이 더 있다는 말이 된다.

'귀찮게 됐군.'

과연 잠시 후 괴인들이 속속 도착했다.

한 명 한 명 등장할 때마다 서로가 신분을 확인했다. 뭔가 비밀스런 모임인 모양이다. 이윽고 여섯 번째 인물이 도착했을 때 괴인들이 모두 자리에서 일어나는 기척이 느껴졌다.

"다들 모이셨습니까?"

일곱 번째 도착한 자가 물었다.

그 목소리를 듣는 순간 엽무백은 그때까지도 감고 있던 눈을 번쩍 떴다. 일곱 번째 사내의 목소리가 아는 사람의 것이었기 때문이다.

'화무강?'

"위진백을 제외하면 모두 모였습니다."

위진백이라는 한마디에 분위기가 착 가라앉았다.

"시신은 어디에 있소?"

화무강이 물었다.

"수급은 광장의 입구에 내걸렸고 몸은 동쪽 숲에 버려져 있습니다. 지금이라도 시신을 모두 수습해 묻어주어야 하지 않겠습니까?"

엽무백은 괴인들이 말한 위진백이 백악기에게 죽은 점창의 제자라는 걸 알아차렸다. 위진백도 이 모임에 참석할 예정이었던 것이다. 위진백이 명부동에 온 지는 열흘이 지났지만 그의 이름도, 누군가와 말을 하는 것도, 심지어 그의 얼굴도 제대로 본 적이 없다. 한데 이들은 어떻게 위진백과 아는 사이가 된 걸까?

화무강의 말이 이어졌다.

"함정이오. 백발호는 위진백의 시신을 미끼로 혹여 있을지 모르는 잔당을 처리할 생각이오. 시신을 수습하면 즉각 의심을 사게 될 거요."

"살아 있었다면 큰 도움이 되었을 것인데……."

"그는 무인답게 죽었소. 그의 죽음을 헛되게 만들지 않기 위해서라도 우리는 이번 거사를 반드시 성공해야 하오. 거사는 차질없이 진행될 것이외다."

엽무백은 조금 의외였다.

화무강은 명부동에서 볼 때와 달리 차갑고 단호한 음성이었다. 수하들을 거느려 본 자들만이 낼 수 있는 어떤 무게감 같은 것이 그에게는 있었다.

"어떻게 하실 작정입니까?"

누군가 물었다.

"황벽장에 상주하는 무인들의 숫자는 일흔두 명이오. 하지만 진(辰)시가 되면 모두 광산으로 빠져나가고 장원엔 백익기와 백발호, 그리고 십여 명의 무사만 남게 됩니다. 덧붙여 어제부터 새로 뚫은 갱도에서 금이 나오기 시작했소. 내 예상이 틀리지 않는다면 며칠 동안은 백발호까지 직접 나가서 채금량을 살필 것이오. 결국 장원엔 백악기와 열 명의 무사만 남는 셈이지. 우리는 그 틈을 타 백악기를 죽이고 섬을 탈출할 것이오."

엽무백은 눈매를 좁혔다.

화무강의 진짜 목적은 기나옹이 아니라 백악기였던 것이다. 불현듯 그와 위진백이 같은 날 황벽도로 들어온 것이 어쩌면 우연이 아닐지도 모르겠다는 생각이 들었다.

그런 자들이 있었다.

정도무림의 생존자들이 삼삼오오 떼를 지어 중원 곳곳을 돌아다니며 변절자들을 처단하는. 지금까지 살아 있는 걸 보면 화무강 역시 그 방면으로 상당한 경험을 축적했을 것이다.

한데 화무강은 왜 하필 이런 낙도까지 와서 변절자를 응징하려는 걸까. 그들의 입장에서 보자면 중원 전역에 돌멩이처럼 많은 게 매혼자들이었다.

마교의 자금줄에 충격을 주기 위해서다.

"포구 쪽은 어떻게 되었소?"

화무강이 누군가에게 물었다.

"범선 한 척과 비조선 일곱 척이 있습니다. 번을 서는 무인은 모두 일곱. 그들을 죽이고 범선을 탈취한 후 남은 비조선에 불을 지르고 탈출하면 됩니다."

"고생했소."

"별말씀을요."

"기나옹은 어쩔 작정이십니까?"

또 다른 사내가 물었다.

"그는 포기해야 할 것 같소."

포기한다는 한마디에 분위기가 싸늘하게 식었다. 잠시 침묵이 흐른 후 누군가 항의를 하고 나섰다.

"애초 두 패로 나뉘어 한쪽은 백악기를 죽이고 다른 한쪽은 기나옹을 처리한 후 포구에서 만나기로 하지 않았습니까."

"위진백이 살아 있었다면 그랬겠지요. 아시다시피 지금은 전력을 한곳으로 모아야 하오. 자칫 대사를 그르칠 수 있소이다."

"기나옹을 먼저 처리하고 황벽장으로 가는 건 어떻겠습니까?"

"그것 역시 불가하오. 백악기는 암습이 아니면 절대로 죽일 수 없는 고수요. 기나옹을 처리하는 과정에서 힘을 소진해 버리면 기습의 기회마저 없을 것이오. 잊지들 마시오. 우리의 목표는 기나옹이 아니라 백악기였다는 걸."

"알겠습니다. 저희 생각이 짧았습니다."

"아니오. 나도 마음이 편치만은 않소."

"금사도는 확실히 존재하는 거겠지요?"

"나는 그렇다고 믿고 있소."

"그곳에 가면 안전할까요?"

"우리는 안전하기 위해 금사도로 가는 것이 아니오. 마교의 추격을 피해 있던 무림의 정영들이 중원 전역에서 금사도로 향하고 있을 것이오. 우리는 그들과 함께 마교를 몰아내고 세상을 바꿀 것이외다. 그 과정에서 죽을 수도 있소. 하지만 우리의 후손들은 그 옛날처럼 문파를 세우고 강호를 주유하며 무(武)와 협(俠)을 논하게 될 것이오."

"알겠습니다. 마교를 몰아내기 위해 이 한목숨 기꺼이 바치겠습니다."

사람들이 너도나도 결의를 다지는 소리가 들려왔다. 그때 바깥에서 뜬금없이 고양이 소리가 들렸다. 잠시 후 누군가 천천히 문을 열고 들어오는 기척이 느껴졌다.

"이런, 내가 제일 늦었군."

그 목소리를 듣는 순간 엽무백은 흠칫 굳었다.

'왕거지?'

이쯤 되니 엽무백도 고개를 꺾어 아래를 살펴보지 않을 수 없었다. 밤인데다 캄캄한 목옥 안이었지만 전혀 문제가 되질 않았다.

도롱이를 뒤집어쓴 왕거지는 가운데로 나오더니 거적에 싸고 온 무언가를 바닥에 풀어놓았다. 그러자 번쩍거리는 칼 여섯 자루가 나타났다.

사람들의 얼굴이 활짝 펴졌다.

너도나도 검을 집어 들고 만지작거렸다.

"용케도 구하셨군요."

화무강이 말했다.

"내가 해줄 수 있는 게 이것밖에 없어서 미안하네."

"당치 않습니다. 칼을 구하지 못했다면 거사는 엄두도 못 냈을 겁니다. 한데, 뒤탈은 없겠지요?"

"염려 말게. 혹시나 필요할 일이 있을까 싶어 몇 년 전부터 한 자루씩 빼돌려 놓은 거라네. 절대 눈치챌 수 없네."

"여기서 장로님을 뵙게 될 줄은 꿈에도 몰랐습니다. 이번 기회에 저희와 함께 가시지요?"

"난 오래전에 무공을 잃었네. 남은 거라곤 거지 생활 육십 년 동안 갈고닦은 눈치와 지칠 줄 모르는 주둥이뿐이지. 자네

들에게 짐만 될 걸세."

"애석하군요."

"그보다 엽무백을 설득해 보라는 건 어찌 됐나?"

"바늘 끝도 들어가지 않더군요."

"그거야말로 애석하군. 그가 도와준다면 일이 아주 쉽게 풀릴 수도 있었을 것을."

"그가 그렇게 강합니까?"

"내 직감이 틀리지 않는다면 그는 나로서는 짐작도 못할 고수일세."

"그런 자가 왜 이곳까지 끌려왔을까요?"

"뭔가 사정이 있겠지. 우리 모두가 그렇지 않은가."

"저는 우려가 됩니다. 혹여 그가 발설이라도 하면……."

"그런 일은 없을 걸세. 그건 내가 보증하지."

오늘은 놀랄 일의 연속이었다.

화무강이 자신에게 접근해 온 배경에 왕거지의 입김이 있었을 줄이야. 보아하니 내공을 모두 잃은 것 같은데 왕거지는 자신의 무공 수위를 어떻게 알아차렸을까. 엽무백은 머리가 복잡해졌다.

화무강이 굳은 표정으로 모두를 돌아보았다.

"거사는 내일 사(巳)시로 정하겠소. 무사들에게 미리 뒷돈을 주어 노역에서 빠진 다음 적당한 때를 보아 이곳으로 모이시오."

사람들은 검을 목옥 깊은 곳에 숨겨둔 후 시간차를 두고 하나둘씩 빠져나갔다. 홀로 남은 화무강은 잠시 바깥을 살펴보고는 양손을 소맷자락에 넣고 목옥을 빠져나갔다.

'위험한 일을 벌이는군.'

第六章

거사를 벌이다

십병귀

　엽무백이 광장으로 돌아왔을 때는 어둠이 채 가시기도 전이었다. 이른 새벽인데도 불구하고 광장은 광산에 끌려가기 전에 배를 채우려는 사람들로 부산했다.

　광장의 한쪽 구석, 깨진 솥을 걸어놓고 빙 둘러앉아 무언가를 연신 건져 먹는 사람들이 있었다. 왕거지, 화무강, 진자강이었다. 엽무백이 나타나자 세 사람의 시선이 일시에 쏠렸다.

　"엽 아저씨도 드세요."

　진자강이 말했다.

　"뭐냐?"

　"왕 할아버지가 새를 몇 마리 삶았어요."

"새? 무슨 새?"

"모르겠어요. 바닷가 절벽에 숨어 있다가 알을 품으러 올 때 덮쳐서 잡았어요."

"새끼를 품은 짐승은 건드리지 않는 법이거……."

엽무백의 말이 끝나기도 전에 진자강이 다리 한 짝을 건져 척 내밀었다. 김이 모락모락 오르는 것이 보기만 해도 절로 군침이 돌았다.

꿀꺽.

"됐어."

"그러지 말고 드세요. 왕 할아버지가 새알까지 잔뜩 넣고 삶아서 배터지게 먹고도 남아요."

아마도 거사를 치를 화무강을 위해 마지막 만찬을 치러주려는 것일 게다.

"주지 마! 싫다는 놈을 왜 자꾸 먹이려고 그래."

왕거지가 버럭 소리를 질렀다.

엽무백이 거사에 동참하지 않는다는 걸 알고 괜히 심통이 난 모양이다. 하지만 진자강은 반강제로 엽무백의 손에 고기를 쥐여주고는 뭐가 그리 좋은지 씨익 웃었다.

"왜 웃어?"

"아니에요. 아무것도."

엽무백이 슬그머니 화무강과 왕거지를 바라보았다. 두 사람도 씬득씬득 웃고 있었다. 엽무백이 눈동자에 서늘한 한기를 담자 한순간 흠칫하는 듯했지만 다시 고개를 돌려 역시나 히죽대고 있었다.

"자넨 운명이 있다고 생각하나?"

왕거지가 화무강에게 뜬금없이 물었다.

"전 운명이 있을까 봐 겁납니다. 태어나면서부터 누군가의 삶이 정해져 있다면 인간의 자유의지는 없는 거잖습니까. 그럼 제가 아무리 노력해도 기나옹을 이길 수 없을 것 아닙니까?"

"염려 말라고. 운명이 있으면 또 어때. 끝까지 가보기 전에는 어떻게 될지 아무도 모르는 거라니까."

"그럴까요?"

"그럼."

"쿡쿡쿡."

"킥킥킥."

엽무백의 눈이 튀어나올 듯 커졌다.

이건 간밤에 자신이 초월이와 나눈 대화가 아닌가. 그걸 이 사람들이 어떻게 아는 걸까? 진자강이다. 녀석이 초월에게서 얘기를 듣고 와서는 신나게 나불거린 것이다.

엽무백이 진자강을 무섭게 노려보았다.

움찔 놀란 진자강이 자라처럼 목을 웅크렸다.

"소금 찍어 먹어. 그냥 먹으면 싱거워."

왕거지가 땟물이 줄줄 흐르는 손으로 소금을 집어 엽무백의 손바닥 위에 조금 뿌려주었다. 얼마나 만지작거렸는지 소금조차도 누리끼리했지만 화무장과 진자강은 아무렇지도 않게 찍어 먹었다.

"그런데 소금은 어디서 나셨습니까?"

화무강이 물었다.

"바위에 바닷물을 말려서 얻었지."

"오오, 그런 방법이 있었군요."

"어디 소금뿐인가. 해초며 조개, 게딱지까지 내가 마음만 먹으면 동냥질 하지 않고도 살 수 있어. 바다에 먹을 게 얼마나 많은데."

"정말 대단하십니다."

"생활의 지혜라고나 할까?"

"존경합니다. 어르신."

"껄껄껄. 뭘 이 정도 가지고."

저런 것도 대화라고 듣고 있으려니 엽무백은 자신이 한심하기 짝이 없었다.

"누나가 그렇게 말을 많이 하는 건 처음 봤어요."

진자강이 말했다.

눈물이 글썽글썽했는데 얼굴은 활짝 웃고 있었다. 왕거지가 엽무백을 향해 목을 쭉 빼고 말했다.

"그나저나 자네도 힘깨나 쓴다며? 어쩐지 얼핏얼핏 보이는 알통이 옹골차더라니. 그나저나 장일을 개 패듯이 패놓고 뒤탈이 없으려나."

엽무백은 진자강에게 받은 새 다리를 솥단지 속으로 휙 집어 던져 버렸다.

풍덩!

"우왁!"

"뚜왁!"

"으왁!"

뜨거운 국물이 사방으로 튀면서 세 사람이 발작적으로 일어났다. 그 와중에 진사강의 발등이 하필이면 솥 날개에 길리면서 솥단지가 통째로 뒤집어졌다. 국물과 건더기가 와르르 쏟아졌다.

엽무백은 그저 새 다리 한 짝을 던졌을 뿐인데 그 여파는 너무나 컸다. 엽무백은 절벽에 등을 기대고 앉아버렸다.

세 사람은 엎어진 국물과 자신과는 상관없는 일인 양 시치미를 뚝 떼고 앉은 엽무백을 번갈아 보며 황당하기 짝이 없다는 얼굴을 했다.

특히 왕거지의 얼굴이 썩어 문드러졌다.

"아직 반이나 남았는데, 이씨."

"어휴, 이제 배가 불러서 더 못 먹겠습니다."

"맞아요. 저도 창자가 터질 것 같아요."

화무강과 진자강이 짐짓 배를 쓰다듬으며 너스레를 떨었다.

그때였다.

저만치에서 사내 하나가 쓰윽 일어나더니 광장을 빠져나 갔다. 떠나기 직전 화무강과 눈을 마주치는 것을 엽무백은 놓치지 않았다. 약간의 시차를 두고 여기저기서 몇 명의 사내가 일어나더니 뒤를 따랐다.

"배도 채우고 했으니 동냥이나 한 바퀴 휘이 돌아볼까? 오랜만에 기름진 걸 먹었더니 뱃속이 부글부글 끓는군. 오늘은 소채류로다가 집중적으로 공략해야겠어."

왕거지가 걸통을 주워 들고는 쭐레쭐레 광장을 걸어나갔다. 필시 적당한 장소에 자리를 잡고 화무강 일행이 거사를 치르는 장면을 지켜보려는 것일 게다.

"나도 바람이나 좀 쐬다 올까?"

화무강이 말했다.

"어디 가시게요?"

진자강이 천진난만하게 물었다.

"간만에 배부르게 먹었더니 소화가 잘 안 되네."

"그럼 다녀오세요."

"자강아."

"왜요?"

"내가 했던 말 기억하지?"

"항상 용기를 잃지 말라는 말씀이요?"

"성공을 하고 못하고는 중요한 게 아니다. 중요한 건 네가 어딘가를 보고 있다는 거지. 그걸 잊지 마라."

"명심하겠습니다."

"큭큭큭, 녀석."

화무강은 진자강에게 마지막 인사를 하고 있었다. 화무강이 다시 오지 않을 거라는 걸 모르는 진자강은 뭐가 그렇게 좋은지 싱글벙글했다.

화무강은 엽무백을 일별하고는 이내 걸음을 옮겼다. 그러다 몇 발자국 가지 않아서 우뚝 멈춰 섰다. 그는 뭔가 잠시 갈등하는 듯하더니 갑자기 돌아서며 진자강에게 물었다.

"자강아, 이따가 게 잡으러 안 갈래?"

"게요?"

"남쪽 바닷가 바위틈에 게가 바글바글하거든."

"저 오늘 광산에 가는 날인데요."

"잠깐이면 돼. 손목이 부러지도록 잡을걸."

"그럼 눈탱이 몇 대 맞을 생각하고 반 시진만 째볼까요?"

"그런 일은 없을 거다."

"예?"

"하하! 이따가 해가 반 뼘쯤 뜨면 거북바위 앞으로 나와서 기다려."

"예, 그럴게요."

화무강은 환하게 웃더니 엽무백을 바라보며 전음을 날렸다.

[생각이 바뀌면 복주(福州) 만리촉(万里燭)으로 와서 적 노인을 찾으시오.]

엽무백은 못 들은 척 눈을 감았다.

잠시 후 화무강은 명부동을 빠져나갔다.

진자강과 나누는 대화를 통해 엽무백은 화무강의 동선을 파악할 수 있었다. 황벽장에서 백악기와 무사들을 죽이고 난 후 곧장 산을 넘은 다음 해안을 타고 포구 쪽으로 달려가서 범선을 탈취하려는 것이다. 거북바위는 그 여정 중에 있었다. 그는 애초의 계획과 달리 진자강을 데려갈 작정이었다.

왜 갑자기 생각을 바꿨는지는 알 수 없다.

진자강이 홀로 남아 장일 일당에게 받을 핍박을 생각하니 불쌍했을 수도 있고, 혹여 자신과 친했다는 이유로 황벽장의 무인들에게 잡혀가 물고를 당할지도 모른다고 생각했을 수도 있다.

엽무백은 눈을 감았다.

*   *   *

백발호는 자신의 거처에서 난을 치고 있었다. 무인이 난(蘭)을 치는 건 두 가지의 경우가 있다. 첫 번째는 정신 수양을 위해, 두 번째는 본래부터 난을 좋아해서.

하지만 백발호의 경우엔 좀 달랐다.

그는 난을 치면서 투로를 익혔다.

그가 익힌 편술 유엽십팔혼(柔葉十八魂)이 바로 난초의 기상을 배경으로 탄생했다.

한 붓에 날렵하게 잎이 뻗치니 주저함이 없고, 삼전법(三轉法)으로 세 번을 꺾으니 변화가 무쌍하다. 먹의 농담으로 힘의 깊이를 조절하고, 여백을 살피어 방위를 조명하니 난초를 치는 일엔 이처럼 무공의 묘리가 고스란히 들어 있었다.

백발호가 급소라 할 수 있는 꽃술을 그려 넣으려는 순간 바깥에서 인기척이 들렸다.

"누가 사자(使者)님을 뵙고 싶다며 찾아왔습니다."

"누구더냐?"

"기나옹입니다."

백발호는 눈살을 찌푸렸다.

군림에도 도(道)가 있다.

과거의 죄과를 묻되 모자람이 없으며, 수단과 방법을 가리지 않되 주구가 되지 않는다. 하지만 그의 눈에 비친 기나옹은 기생충이었다. 한 자락 익힌 권각술을 밑천 삼아 권력에 빌붙어 사는 기생충.

"들여보내라."

잠시 후, 기나옹이 엉거주춤 구부정한 자세로 들어와 연신 머리를 조아렸다. 복색도 후줄근한데다 어깨 한쪽이 소맷자락만 남아 볼품없기가 이루 말할 수 없었다. 게다가 냄새까지 고약했다.

"무슨 일이지?"

"잠시 앉아도 되겠습니까?"

아직까지 자리를 권하지 않았음을 은근히 상기시키는 말이다. 백발호는 눈썹을 치켜떴지만 일단 들어나 보자는 심정으로 자리를 권했다.

"앉지."

기나옹이 의자 하나를 빼고는 백발호와 마주 앉았다. 그리고 곧장 운을 뗐다.

"오래전부터 흠모하고 있었습니다."

"나를? 왜?"

"무명소졸이 영웅을 흠모하고 숭앙하는 것은 인지상정이 아니겠습니까?"

아침부터 찾아와 이 무슨 쓸데없는 아부질이란 말인가. 분위기가 싸늘해지는 것을 느낀 기나옹이 재빨리 머리를 조아렸다.

"광산으로 가야 하네."

서둘러 본론을 꺼내라는 말이었다.

"나리의 충견이 되고 싶습니다."

"귀하가 단검을 제법 놀린다는 말은 들었지. 하지만 귀하

정도의 솜씨를 지닌 자라면 산장에도 차고 넘치지."

"아무렴 그렇겠지요. 하지만 닭 잡는 칼이 따로 있고 소 잡는 칼이 따로 있지 않겠습니까?"

"명부동에서 뜯는 돈으론 먹고살기 힘든가? 소문엔 한 재산 모았다고 하던데."

"본시 재물과 계집은 많을수록 좋은 것이 아니겠습니까? 언제는 나리의 이름으로 하기 더러운 일이 생겼을 때 소인을 찾아주십시오. 견마지로(犬馬之勞)를 다하겠습니다."

"딸랑신은 그만하고 본론을 꺼내라."

"열흘쯤 전에 이상한 놈이 하나 명부동으로 흘러들어 왔습죠. 오지랖이 넓어 수시로 남의 일에 참견하는데다 성격도 깐깐하여 제 수하 놈들과도 여러 번 부딪쳤습죠."

"용건만."

"어제 사소한 일로 그놈과 권각을 겨루게 되었습니다. 아시는지 모르겠지만 놈은 외공에 조예가 깊죠."

"한두 수 주먹질 정도야 저자의 왈패들도 익히는 거 아닌가?"

말은 그렇게 했지만 기나옹은 백발호가 자신의 말에 호기심을 느낀다는 걸 본능적으로 알아차렸다.

"한순간이었지만 내공이 느껴졌습니다, 그것도 범상치 않은."

그제야 백발호의 얼굴이 굳어졌다.

기나옹의 이야기가 이어졌다.

"평소 놈을 따르던 자가 몇 명 있었지요. 지난밤 해(亥)시 무렵 놈들이 광장을 나갔지요. 비가 억수로 쏟아졌는데 말입니다. 뭔가 이상한 느낌에 수하들을 시켜 미행을 했습니다. 폐가에서 놈들이 은밀히 회합을 가졌다고 하더군요. 소인이 아는 건 거기까집죠."

"그 얘길 장주가 아닌 내게 하는 이유는?"

"후후, 장주 따위가 무얼 알겠습니까."

척!

기나옹의 턱밑에 비도 한 자루가 붙었다. 백발호가 그 어떤 사전 동작도 없이 품속에서 비도를 뽑아 든 것이다.

기나옹은 마른침을 꿀꺽 삼켰다.

단순히 비도를 들이대서가 아니었다.

백발호는 사람 목숨을 파리 목숨처럼 여기는 위인, 그가 서 푼의 힘만 주어도 자신의 삶은 여기서 종지부를 찍어야 한다.

"내가 목을 벨 것 같으냐, 안 벨 것 같으냐?"

"취하려면 살려주실 것이요, 버리려면 죽이시겠지요."

"두렵지 않으냐?"

"세상에 거저먹는 건 없지요."

백발호는 시선을 슬쩍 아래로 내렸다.

기나옹의 왼쪽 소맷자락이 미세하게 떨리고 있었다. 겁을 먹은 척하는 것이다. 너무 빳빳하면 자신이 불쾌할까 봐 알아서 설설 기는 것이다. 백발호는 기나옹의 속을 훤히 꿰뚫어 보았다.

"푸하하하!"

백발호가 앙천광소를 터뜨렸다.

그러다 갑자기 표정을 굳히며 말했다.

"이거 왈패 나부랭인 줄 알았더니 제법 뚝심이 있는 자가 아닌가."

*　　　*　　　*

"아저씨, 게 잡으러 가실래요?"

엽무백이 슬쩍 눈을 떴다.

진자강이 새끼줄 세 가닥을 들고 있었다. 게를 잡으면 새 끼줄 틈에 주렁주렁 매달아 들고 다닐 수 있다. 화무강이 가 고 나서부터 사부작사부작 하더니 저걸 만들려고 그랬나 보 다.

"초월이는 뭐 해?"

"글쎄요? 그건 왜요?"

"그냥 물어본 거야."

"제가 가서 뭐 하는지 보고 올까요?"

진자강이 씨익 웃으며 물었다.

"무슨 생각을 하는 거야?"

"킥킥. 아니에요. 아무것도. 그것보다 저랑 게 잡으러 가세요. 제가 아저씨 것까지 세 개 만들었단 말이에요."

"됐어."

"그러지 말고 같이 가세요. 꼬물꼬물 기어 다니는 놈들 잡아다 푹 끓여 먹으면 얼마나 얼큰하다고요."

"꺼져."

진자강은 잠시 망설이는 듯하더니 이내 축 늘어진 어깨로 명부동을 나섰다. 녀석은 이게 마지막 인사라는 걸 알기나 할까? 더불어 천금루에 있을 초월이도 다시는 볼 수 없다는 걸 알기나 할까? 진자강의 뒷모습이 사라졌다.

해가 떠오르기 시작했다.

아침을 일찌감치 지어 먹은 사람들은 광산으로 가기 위해 황벽장의 무사들이 오기를 기다렸다. 무사들이 오면 돈을 찔러줄 사람은 찔러주고 끌려갈 사람은 끌려가게 된다.

화무강은 어떻게 되었을까?

침투는 성공했을까?

백악기는 죽었을까?

바깥에서 벌어지는 일들과 상관없이 명부동은 평온했다. 장일 일당은 저만치 나무 아래에서 늘어지게 자고 있었고, 몇몇 아낙들이 졸린 눈을 비비며 칭얼대는 아이에게 젖을 먹였다.

금사도?

정말로 존재할까?

무적의 고수가 무림의 정영들을 이끌고 대대적인 반격을 준비한다니, 너무나 허무맹랑하지 않은가.

하지만 정말로 금사도가 있다면, 그래서 중원 대륙 곳곳에 숨어 있는 정도무림의 생존자들이 금사도로 모여든다면… 모든 것을 빼앗겨 더는 잃을 것이 없는 사람들의 사활을 건 싸움은 얼마나 처절할 것인가. 단언컨대 혼세신교는 큰 곤란을 겪게 될 것이다.

그때 한 사람이 명무농으로 늘어섰다.

기나웅이었다.

나무 아래로 걸어가던 기나웅은 그때까지도 코를 드렁드렁 골며 자던 장일의 배를 냅다 걷어차며 말했다.

"냉큼 일어나지 못해!"

"끕!"

외마디 비명과 함께 장일이 벌떡 일어나 포권지례를 했다.

"간밤엔 잘 주무셨습니까?"

"지랄하고 자빠졌네. 네놈 눈엔 내가 자다 온 사람처럼 보이냐?"

"그럼 무슨 일을……?"

"됐고, 천금루로 가서 통째로 예약을 해놓아라. 오늘 계집년들 한 줄로 쭉 세워놓고 한번 마셔보자."

말과 함께 기나웅이 은전 꾸러미를 던졌다.

족히 쉰 냥은 될 듯한 큰돈이었다.

갑작스레 거금을 받아 쥔 장일과 그의 일당은 눈이 휘둥그레졌다.

"뭣들 하는 거야? 목욕물부터 데우지 않고."

기나옹이 버럭 소리를 질렀다.

주루에 갈 때마다 기나옹은 목욕을 하는 습관이 있었다. 물이 귀한 섬인지라 주루에서는 목욕을 할 수가 없기 때문이다. 뒤늦게 정신을 차린 장일이 수하들을 향해 고래고래 고함을 질렀다.

"뭣들 하는 거야! 서두르지 않고!"

"예예, 갑니다요."

기녀들과 원없이 뒹굴 생각에 장일의 수하들이 질풍처럼 사라졌다. 그때부터 놈들의 팔다리가 바빠졌다. 우선 몇 놈이 광장 한가운데 커다란 솥을 걸고는 장작을 지폈다. 그사이 다른 놈들은 절벽 사이로 졸졸 흐르는 물로 솥을 채웠다.

저 가마솥은 다목적, 전천후의 용도가 있었다.

평소엔 기나옹이 저 솥에 목욕을 하고 다른 때는 장일 일당이 개나 닭 따위를 삶아 먹었다. 목간도 되고, 밥솥도 되었다가 하는 물건이 바로 저 커다란 가마솥이었다.

"그나저나 이렇게 큰돈은 어디서 나셨습니까요?"

장일이 물었다.

"알 거 없다. 한숨 잘 테니 물 데우면 깨워라."

말과 함께 기나웅은 엽무백을 힐끗 바라보더니 이내 나무 아래로 가서 퍼질러 누워버렸다.

아직까지도 황벽장의 무사들은 오지 않았다.

이상한 일이다.

지금쯤이면 무사들이 나타나 사람들을 한 줄로 세워 끌고 가고도 남을 시간이다.

그때, 동냥을 나갔던 왕거지가 헐레벌떡 달려왔다.

한데 그의 얼굴이 이상했다. 핏기라곤 없는 것이 귀신이라도 본 것 양 하얗게 질려 있었다. 엽무백은 직감적으로 일이 잘못되었음을 알아차렸다.

"헉헉헉……."

왕거지가 거친 숨을 몰아쉬었다.

"화무강이 죽었소?"

"그, 그걸 어떻게……?"

왕거지가 눈을 동그랗게 떴다.

"일당은?"

"대체 어디까지 아는 건가?"

"어찌 되었소?"

"죽었네. 싹 다."

"눈치를 챘군."

"간밤에 기나웅이 백발호를 만나고 돌아갔다는군. 놈이 냄새를 맡고 고변을 한 모양이네. 귀신같은 놈."

"진자강은?"

"진자강이 잡혀간 건 또 어찌 알고……?"

"잡혀갔소? 왜?"

"나도 모르지. 놈들이 갑자기 거북바위에 나타나서는 게를 잡고 있던 진자강을 잡아갔다네. 같은 패거리라고 생각한 모양이야. 잔당을 캐기 위해 물고를 낼 터인데 이를 어쩌나."

화무강은 좀 더 신중했어야 했다.

단 일곱 명으로 장원에 잠입해 백악기와 십 인의 무사를 암살하고 도주하는 건 그렇게 간단한 일이 아니다. 훨씬 더 정교한 계획을 세우고 비밀을 고수하는 데 심혈을 기울였어야 했다.

모든 게 자초한 일이다.

엽무백은 다시 눈을 감았다.

"진자강만 불쌍하게 됐지. 그래도 한때는 광동진가(廣東陳家)의 소공자 소리를 듣던 놈인데, 쯧쯧쯧, 불쌍한 것 같으니라고."

"방금… 뭐라고 했소?"

"녀석이 바로 패도(覇刀)의 아들이네."

광동진가의 가주 패도 진세기는 무림맹이 사실상 백기투항을 한 이후에도 자신을 따르는 무림의 정영들을 끌어모아서 최후의 일인이 남을 때까지 저항한 강골의 무인이었다.

그 후 마교는 대륙 끝까지 추격해 광동진가의 가솔들을 단한 명도 남기지 않고 모조리 척살해 버렸다. 마교에 저항하는 자들의 말로가 어떠한지를 보여주기 위함이었다.

패도의 아들이라는 것이 발각되는 날엔 진자강은 신궁으로 압송되어 오체분시(五体分屍)를 당해 죽을 것이다. 왕거지가 저렇게 혀를 차는 것도 그것 때문이었다.

마음에 들지 않았다.

저 빌어먹을 마교 놈들이 활보하는 것도 마음에 들지 않고, 그런 놈들의 주구가 되려 했던 장벽산도 마음에 들지 않고, 그릇된 세상을 바로잡겠다며 제 힘을 생각지 않고 불속에 뛰어드는 화무강의 어리석음도 마음에 들지 않았다.

온통 마음에 들지 않았다.

계속 두고만 봐야 할까?

두고 보지 않으면 어떻게 해야 할까? 무얼 할 수 있을까? 잘할 수는 있을까? 뭘 해야 하는지는 잘 모르겠다. 잘할 수 있을지는 더더욱 모르겠다. 하지만 이대로 두고만 보자니 속이 터져 못살 것 같다.

"에따, 모르겠다!"

엽무백은 자리에서 벌떡 일어났다.

전신에서 싸늘한 한기가 흘러나와 좌중의 공기를 얼렸다.

돌변한 엽무백의 기도에 놀란 왕거지가 주춤거리며 한 걸음 물러났다.

엽무백은 광장을 가로질러 갔다.

광장의 중앙엔 솥을 내걸고 목욕물을 펄펄 끓이는 장일 일당과 나무 아래 누운 기나옹이 있었다. 엽무백은 곧장 기나옹에게 다가가 그의 발을 툭 찼다.

"좀 일어나 봐."

명부동 전체가 서리를 맞은 것처럼 싸늘하게 식었다. 아직까진 그 누구도 기나옹을 발로 차서 깨운 사람이 없었다. 사람들의 눈에 엽무백의 행동은 자살 행위나 마찬가지였다.

기나옹이 슬그머니 눈을 떴다.

그는 작금의 상황이 이해되지 않는다는 얼굴로 엽무백을 한참이나 노려보았다. 마치 '너 이 새끼, 미친 거 아냐?' 라고 묻는 듯했다. 그가 장일을 돌아보며 버럭 소리쳤다.

"애새끼들 교육을 어떻게 하는 거야!"

하지만 주루에서 엽무백에게 맞아 죽을 뻔한 장일은 선뜻 공격을 못하고 망설였다. 얼굴엔 그때 맞은 멍이 아직도 시퍼렇게 남아 있었다. 기나옹이 썩어 문드러진 얼굴로 눈알을 부라렸다.

"이것들이 떼로 미쳤나?"

그 순간, 호시탐탐 장일의 자리를 노리고 있던 서열 삼위의 사내가 비수를 뽑아 들고 달려들었다.

엽무백은 곁을 돌아보지도 않고 한 손을 슬쩍 휘둘렀다.

"억!"

뭐가 어떻게 된 건지 알 수 없었다.

사람들이 본 거라곤 사내가 비수를 뽑아 들고 엽무백을 찔러갔다는 것, 그리고 제 심장에 비수를 박아 넣은 채 고꾸라졌다는 것뿐이다. 심장은 피를 모으고 보내는 장기. 바닥이 순식간에 피로 흥건하게 젖어들었다.

"사, 살인이다!"

누군가 찢어져라 비명을 질렀다.

뒤늦게 상황의 심각함을 알아차린 장일의 수하들이 너도나도 불타는 장작개비를 들고 휘둘렀다.

엽무백은 그 자리에서 한 발자국도 움직이지 않았다. 다만 그의 팔다리가 흐릿한 잔영으로 변해 허공을 두들겼다.

뻐버버버버버벅!

한바탕 폭풍 같은 난타음이 울렸다. 장작개비에서 떨어져 나온 불똥이 사방으로 흩날리는 가운데 십여 명의 왈짜가 바닥을 뒹굴었다.

얼굴은 형체를 알아볼 수 없을 만큼 터져 버렸고, 팔다리는 기형적으로 뒤틀려 있었다. 비명조차 내지를 사이도 없이 모두가 즉사해 버렸다.

마지막 한 명만이 엽무백의 손에 목을 틀어 잡혀 있었다.

하지만 그것도 잠시, 한순간 퍽 소리와 함께 사내의 목에서 붉은 피가 터져 나왔다. 엽무백의 손가락이 경동맥을 뚫고 들어간 것이다.

몇 번 꺽꺽거리던 사내가 이내 축 늘어져 버렸다.

엽무백이 손을 풀자 사내가 풀썩 쓰러졌다.

평화로운 아침이 살인의 현장으로 돌변해 버리는 건 한순간이었다. 이 느닷없는 상황에 명부동에서 밤을 새운 수백 명의 사람은 공황상태가 되고 말았다.

동료들에게 선공을 양보하는 바람에 간발의 차이로 목숨을 구한 왈짜들은 감히 덤빌 엄두를 내지 못한 채 사지를 바들바들 떨고 있었다.

기나옹이 천천히 몸을 일으켰다.

그의 손에는 어느새 단검 한 자루가 들려 있었다.

"그날 본 게 헛것이 아니었구나."

말과 함께 기나옹의 신형이 벼락처럼 솟구쳤다.

도약과 함께 단검을 쭉 뻗는 이 수법의 이름은 비봉날침(飛蜂捺針), 그에게 병신 나나니벌이라는 별호를 안겨준 바로 그 절초다.

엽무백은 얼음판을 미끄러지듯 상체를 착 낮추었다. 기나옹이 내지른 단검이 목과 어깨 사이를 아슬아슬하게 스쳤다. 그 순간 엽무백의 오른손은 기나옹의 목을 잡아갔다.

퍽!

"억!"

단 일 수, 엽무백은 간단하게 기나옹의 목을 틀어쥐어 버렸다. 동시에 반동을 이용해 기나옹을 번쩍 들어 바닥에 패대기쳤다.

쿵!

"커헉!"

둔탁한 소리와 함께 기나옹이 개구리처럼 바르르 떨었다. 엽무백은 발등으로 옆구리를 차 기나옹을 순식간에 뒤집은 다음 뒷목을 사정없이 찍어 눌렀다.

우지끈 하는 소리와 함께 기나옹의 목뼈가 부러졌다. 엽무백은 하나밖에 남지 않은 팔과 두 다리마저 차례로 뽑아버렸다.

우두둑, 우두둑!

"으아아악!"

소름 끼치는 비명이 명부동을 울렸다.

기나옹은 본능적으로 몸을 움직이려 했지만 목뼈가 부러지고 사지가 뽑힌 그는 이미 고깃덩어리로 변해 버린 상태였다.

명부동의 왕으로 군림하며 수많은 도전자들을 물리친 기나옹이 고깃덩어리로 변하는 데 걸리는 시간은 숨 한 번 들이쉬는 정도에 불과했다.

그때부터 엽무백의 일방적인 구타가 시작되었다.

죽거나 말거나 닥치는 대로 차고 짓밟기를 한참, 기나옹의 전신은 걸레처럼 너덜너덜해졌다.

하지만 엽무백의 구타는 거기서 그치지 않았다.

그는 축 늘어진 기나옹의 뒷덜미를 잡고 물이 펄펄 끓는 솥단지를 향해 끌고 갔다. 솥뚜껑을 열자 허연 김이 확 올라왔다.

"사, 살려… 주, 주, 주시오……."

엽무백의 의도를 눈치챈 기나옹이 하얗게 질려 애원했다. 엽무백은 귓등으로도 듣지 않고 기나옹을 번쩍 들어 솥단지 속에 처넣어 버렸다.

풍덩! 촤악!

뜨거운 물이 사방으로 튀었다.

"끄아아아아아!"

놀란 기나옹이 참혹한 비명을 지르며 발작적으로 움직였지만 이미 사지가 자근자근 다져진 그는 홀로 솥을 빠져나올 수 없었다.

엽무백은 기나옹의 단검을 주워 소매에 감춘 후 고개를 꺾어 장내를 쓸어보았다. 공포에 질린 기나옹의 수하들은 혼백이라도 나간 사람처럼 바들바들 떨고만 있었다. 경악하기는 광장에 모인 다른 사람들도 마찬가지였다.

있는 듯 마는 듯 지내던 엽무백이 이처럼 무시무시한 사람인 줄 몰랐던 사람들은 입을 쩍 벌린 채 굳어버렸다. 기나옹의 찢어지는 비명만 메아리칠 뿐 좌중은 찬물을 끼얹은 것처럼 고요했다.

엽무백이 장일을 향해 성큼 다가갔다.

한쪽에 서서 바들바들 떨고 있던 장일이 놀라 오줌을 지렸다. 엽무백은 아랑곳하지 않고 손을 내밀었다.

"내놔."

"뭐, 뭐, 뭐, 뭐……."

"돈."

"여, 여, 여, 여……."

장일은 발발 떨리는 손으로 기나옹에게 받은 은전 꾸러미를 건넸다. 엽무백은 은전 꾸러미를 챙긴 후 왕거지를 향해 저벅저벅 걸어갔다. 기나옹의 수하들이 행여나 옷깃이라도 스칠세라 미친 듯이 물러났다.

"기, 기나옹이 죽었다!"

"장일이 아직 살아 있다!"

"놈들을 죽여라!"

누군가의 외침을 필두로 사람들이 함성을 지르며 광장의 중앙을 향해 달려갔다. 사내들은 몽둥이를 집어 들었고, 아낙들은 돌멩이를 주워 들었다. 퍽퍽 소리가 요란하게 울리는 가운데 엽무백은 왕거지와 마주하고 섰다.

"떠나려는가?"

왕거지가 침잠한 표정으로 물었다.

엽무백은 장일에게서 빼앗은 은전 꾸러미를 왕거지에게 쥐여주며 말했다.

"지금 즉시 주루로 가서 초월이를 데리고 거북바위로 오시오. 만약 반 시진을 기다려도 내가 나타나지 않거든 사람들을 이끌고 범선을 타시오. 이어 바닷길을 통해 광동으로 간 다음 인적을 피해 사람들을 내려준 후 범선을 침몰해 흔적을 없애시오. 무슨 뜻인지 알아듣겠소이까?"

"눈치로 일 갑자를 살아온 날세. 무얼 염려하는지 충분히 알았으니 염려 푹 놓으시게."

왕거지가 굳건한 표정으로 고개를 끄덕인 후 쏜살같이 사라졌다. 엽무백은 신궁이 있는 북쪽 하늘로 시선을 던졌다. 바다처럼 파란 하늘을 배경으로 매 한 마리가 까마득한 창공을 날고 있었다.

천응(天鷹)이다.

세상 모든 새 중 가장 높이 난다는 새. 완벽한 자유와 절대 고독의 경계를 날며 세상 모든 존재를 굽어보는 영물. 장벽산이 가장 좋아했던 짐승이다.

'벽산, 내가 판을 깨면 패배를 인정하겠다고 했지? 안 그랬다고? 그럴 리가. 난 그렇게 들었는데. 난 이 빌어먹을 세상이 싫다. 생각만 해도 욕지기가 치민다. 그래서 그 개새끼들 엿 좀 먹일까 하는데 어떻게 생각해? 안 된다고? 신교의 사직을 훼손하지 말라고? 그럼 어디 한번 막아보든가. 지금부터 시

작이다.'

엽무백은 난장판으로 변해 버린 명부동을 쓸어본 후 걸음을 옮겼다. 황벽장이 있는 동쪽이었다.

第七章　살성〈殺星〉의 등장

울창한 수림 사이로 난 길을 따라 산자락에 도착했을 때는 해가 중천에 떠올랐다. 양지바른 산자락 위로 십여 개의 전각을 뿌려놓은 장원이 보였다.

황벽장이었다.

커다란 현판 아래에서 번을 서고 있던 두 명의 수문무사가 엽무백을 발견하고는 검을 뽑아 들었다.

"웬 놈이냐?"

"비켜."

"이런 미친 새끼가!"

퍼퍼퍼퍽!

단발적인 격타음과 함께 엽무백은 비틀거리는 수문무사들 사이를 태연히 걸었다. 그의 양손엔 어느새 탈취한 두 개의 검이 들려 있었다. 바닥에 널브러진 두 명의 수문무사는 얼굴이 함몰된 채 죽었다.

정문을 마주하고 선 엽무백은 한 발을 쭉 뻗었다.

쾅!

굉음과 함께 육중한 대문이 철퇴라도 맞은 것처럼 터져 나갔다. 엽무백은 흩날리는 잔해를 뚫고 앞으로 나아갔다. 작은 연무장을 따라 이런저런 전각이 보였다.

땅땅땅땅!

어디선가 경종이 요란하게 울렸다.

엽무백은 계속해서 저벅저벅 걸었다. 연무장을 절반쯤 가로질러 갔을 때 장원 곳곳에서 병기를 든 무사들이 쏟아져 나와 엽무백을 에워쌌다. 엽무백은 두 자루 검을 늘어뜨린 채 그 광경을 태연히 지켜보았다.

무사들은 작금의 상황이 황당한지 한동안 말이 없었다. 분명 명부동에서 낯이 익은 자인데, 홀로 대문을 부수고 나타났다는 사실이 믿기지 않는 모양이다.

"웬 놈이냐!"

누군가 외쳐 물었다.

엽무백이 아래로 늘어뜨렸던 검을 슬쩍 들어 올렸다. 동시에 검진 속에 뛰어들어 질문한 놈의 목을 뎅경 쳐버렸다. 비명을 지를 겨를도 없었다. 날벼락을 맞은 무사는 피를 허공으로 뿌리며 쓰러졌다.

사방에서 대여섯 개의 검이 소낙비처럼 쏟아졌다. 엽무백의 손에 들린 두 자루 검이 무수한 검영(劒影)을 만들며 전권을 난도질해 갔다.

까깡깡깡깡!

귀청을 찢는 금속성과 함께 불꽃이 사방으로 튀었다. 검이 몸통을 쑤시는 소리가 뒤를 이었다.

푹푹푹푹푹!

좌검으로 떨어지는 검을 막고 우검으로 상대의 가슴을 찌르는, 혹은 그 반대로 펼치는 수법은 섬전처럼 빨랐다. 너무나 빨라 눈으로도 좇을 수 없고, 육체가 반응을 하기에는 더더욱 모자랐다.

"크아악!"

"흐어억!"

"으아악!"

찢어지는 비명이 연달아 울리는 가운데 십여 명이 널브러지는 데는 숨 몇 번 들이쉬는 시간조차도 걸리지 않았다. 바닥은 피로 흥건했고, 하늘을 향해 쓰러진 자들의 가슴에선 아직도 피가 퐁퐁 솟아나고 있었다.

그때, 계단 위 붉은 문이 벌컥 열리더니 도, 검, 창 등속을 든 무사들이 개떼처럼 몰려왔다. 한차례 전방을 쓸어본 엽무백은 적의 숫자를 정확히 간파했다.

'스물셋.'

여태 천천히 걸음을 옮기던 엽무백이 처음으로 신형을 쏘았다. 격돌 직전의 순간 선두의 적들이 창검을 힘차게 휘둘러 왔다. 엽무백의 상체가 수면을 나는 제비처럼 착 가라앉았다.

스캉!

쩍쩍쩍! 푹푹푹푹푹!

"으아악!"

"크아악!"

한 사람이 쓰러지기 전에 다른 사람이 칼을 맞고, 그가 쓰러지기 전에 다른 사람이, 또 다른 사람이…….

바람처럼 표홀한 엽무백의 신법과 빗살처럼 빠른 두 자루의 검이 만들어내는 궤적은 단 한 명의 생존자도 허락하지 않았다.

적진을 갈가리 찢으며 전진하는 사이 엽무백은 어느새 계단의 정상에 섰다. 그의 뒤로는 이십여 명의 적이 몸 곳곳에서 피를 뿜으며 계단을 뒹굴고 있었다.

쾅!

엽무백이 두 번째 문을 부쉈다.

그 순간 양쪽에서 두 자루의 검이 빗살처럼 쇄도했다. 엽무백은 신형을 도깨비처럼 흘리며 좌방에서 날아오는 놈의 몸통을 싹둑 자르고 우방에서 덮쳐 오는 놈의 가슴에 일 검을 박아 넣었다.

끄더덕, 푹!

"으으……."

"끄어……."

비명과 함께 두 명의 사내가 풀썩 쓰러졌다.

엽무백은 싸늘한 시선으로 전방을 쓸었다.

괴목(怪木)이 어우러진 정원과 연못, 그리고 연못 너머로 사십여 명의 무인이 도열해 있었다.

그 한가운데 백악기와 백발호, 그리고 진자상이 있었나. 누군가에게 어깨를 잡힌 채 바들바들 떨고 있는 진자강의 앞에는 일곱 구의 시체가 널브러져 있었다.

화무강과 그 일당이었다.

"용케도 관문을 뚫었군."

백발호가 말했다.

눈동자에서는 자줏빛 살광이 넘실댔다.

"만박노사는 잘 있나?"

"……?"

"그 늙은이, 원귀(寃鬼)는 떼어냈는지 모르겠군."

백발호가 눈동자를 부릅떴다.

만박노사는 마공 수련을 위해 수백 구의 시기(屍氣)를 흡취하다가 이름 모를 괴질에 걸렸다. 놈은 그걸 두고 죽은 이의 원귀가 씌었다고 하는 것이다. 만박노사가 괴질을 앓는다는 건 신궁 내에서도 극소수만 아는 비밀. 도대체 저자가 그걸 어떻게 안단 말인가.

"네놈은…… 누구냐?"

엽무백은 대답할 가치도 없다는 듯 옆으로 시선을 돌렸다. 뒷짐을 진 채 서 있던 백악기의 눈동자가 침잠하게 가라앉았다.

"동료들을 배신하고 혼자 기름진 음식을 먹고사는 기분이 어떠신지?"

"원하는 게 무엇인가?"

"너희 전부의 목숨."

엽무백은 저벅저벅 정원을 가로질렀다. 아래로 늘어뜨린 두 자루 검신에선 아직도 핏물이 뚝뚝 떨어지고 있었다.

연못 위로 난 석교(石橋)를 지날 무렵 적들이 일제히 움직였다. 눈 깜짝할 사이에 두 패로 나뉘어 석교의 앞뒤를 막아선 것이다. 엽무백으로 하여금 운신의 폭을 좁게 만든 후 합공을 할 작정이다.

"산 놈은 필요없다."

백발호의 싸늘한 명령을 시작으로 공격이 시작되었다. 무사들이 폭 일 장에 불과한 석교의 앞뒤를 빽빽하게 채우며 달려들었다.

엽무백은 빗살로 변했다.

까라랑!

강렬한 경기가 소용돌이치며 쇄도하던 네 자루의 검이 난상으로 얽혀 버렸다. 그 순간 엽무백의 우검이 궤적을 그렸다. 그 궤적의 연장선에 네 개의 목이 있었다.

끄드드득!

사람의 목뼈가 검신에 걸리는 느낌은 대나무를 치는 것과 흡사하다. 목을 잃은 몸뚱어리에서 피가 분수처럼 솟구치며 연못을 적셨다.

엽무백은 몸통만 남은 네 구의 시체를 들이받았다. 부지불식간에 뒤쪽에 저들이 하나로 뒤엉켜 버렸다. 그 순간 엽무백은 적진 속으로 뛰어들어 쌍검을 질풍처럼 쑤셔댔다.

푸푸푸푹!

"흐으억!"

"으아악!"

"끄어억!"

일 검에 하나씩. 찢어지는 비명과 함께 예닐곱 명이 저세상으로 갔다. 그때쯤엔 뒤쪽의 적들이 검을 휘둘러 왔다. 엽무백은 쓰러지는 놈들의 가슴을 박차며 벼락처럼 돌아섰다.

까라라랑!

대여섯 자루의 도검이 허공에서 얽혔다. 맹렬한 금속성 끝에 피가 낭자하게 터졌다. 비명이 뒤를 이었다.

"으아악!"

"으아악!"

"으아악!"

다시 예닐곱 명을 죽였다.

동료들을 제물 삼아 거리를 좁힌 좌우의 적들이 파도처럼 달려들어 엽무백을 압박했다. 엽무백은 석교의 난간을 박차며 허공으로 솟구쳤다.

그의 발아래에서 양쪽에서 달려온 적의 선두가 하나로 합쳐졌다. 이제 엽무백이 떨어져 내릴 공간은 없었다.

그 순간, 천중을 향해 고개를 꺾은 사람들의 입이 쩍 벌어졌다. 엽무백의 신형이 십여 장 높이까지 쭉 솟구치더니 한순간 체공(滯空)을 한 것처럼 보였기 때문이다.

하지만 그건 아주 찰나에 불과했다.

엽무백이 무서운 속도로 떨어져 내렸다. 묵직한 경력이 신형보다 먼저 전해졌다. 그 기세를 감당하지 못한 무사들이 발작적으로 물러났다.

쾅앙!

굉음과 함께 석교가 터져 나갔다.

막강한 압력풍이 몰아쳤다. 석교의 잔해와 무사들, 물보라가 하나로 뒤엉켜 나뒹굴었다. 연못에 빠진 무사들은 혼비백산하여 달아나기 시작했다. 언감생심 자신들의 실력으로는 옷자락 하나 건드릴 수 없는 대적이 출현했음을 뒤늦게 깨달은 것이다.

그 순간 살육이 시작되었다.

번뜩이는 검신, 무수한 검영, 귀청을 찢는 파공성, 소름 끼치는 비명이 하나로 어우러졌다. 목이 툭툭 떨어지고 피보라가 천지사방으로 비산했다. 목을 잃은 시체가 죽은 줄도 모르고 걸음을 옮기다 쓰러지기도 했다.

하지만 엽무백은 도주하는 자들 하나하나를 찾아다니며 일일이 죽였다. 공포에 질려 도주하는 적을 쫓아가 두 자루 검으로 목을 베고 등을 난자해 버리는 수법은 사마외노인들에게서도 볼 수 없는 살검이었다.

이윽고 단 한 놈도 남기지 않고 모두 죽어 버렸을 때는 붉게 물든 연못 위로 사십여 구의 시체가 둥둥 떠다니고 있었다. 눈 깜짝할 사이에 황벽장의 연무장은 지옥의 아수라장으로 돌변해 버렸다.

엽무백이 백발호를 향해 고개를 꺾었다.

활활 타오르는 눈빛을 마주하는 순간 백발호는 흠칫 굳었다. 엽무백은 백발호에게 시선을 꽂아둔 채 첨벙첨벙 연못을 걸어나왔다. 그 모습이 흡사 지옥탕에서 걸어나오는 사신(死神) 같았다.

백발호는 저도 모르게 뒷걸음질을 치려고 했다.

하지만 한 발자국도 뗄 수가 없었다. 두 발이 못이 되어 박힌 듯 움직일 수가 없었다.

"위험해요!"

진자강이 고함을 질렀다.

엽무백이 번개처럼 돌아서며 일검을 휘둘렀다. 죽은 척 엎드려 있다가 등을 쪼개오던 무사의 몸뚱이가 정확히 두 동강 났다.

그 찰나의 순간, 엽무백의 시선이 거두어지던 순간 백발호가 혈편을 뽑아 뿌렸다. 필생의 적수를 만났음을 간파한 백발호는 십성의 공력을 모두 실었다. 공격의 기회가 몇 번 없을 것임을 알기 때문이다..

위력적인 기세가 엽무백의 신형을 쪼개갔다.

엽무백은 짜증 난다는 듯 쌍검을 교차해 뿌렸다.

찰나의 순간 검신에 시퍼런 기운이 맺혔다.

쓰캉!

기이한 파공성과 함께 삼 장에 달하는 혈편의 끄트머리가 세 토막으로 갈라져 버렸다. 도마뱀 꼬리처럼 후두두 떨어지는 혈편을 바라보던 백발호는 온몸의 털이 곤두서는 듯한 충격을 느꼈다.

동남동녀 백 명의 원념이 담긴 피에 교룡의 힘줄을 침강시켜 만든 혈강편(血鋼鞭)은 영검(靈劍)으로도 자를 수 없는 귀물이다.

한데 그걸 저렇게 간단하게 토막 내버리다니.

'어쩌면 오늘 죽을지도 모르겠구나.'

백발호가 엽무백을 향해 신형을 쏘았다.

동시에 품속에서 네 자루 비도를 꺼내 힘차게 던졌다. 동시에 두 자루 비도를 꺼내 양손에 쥐었다. 엽무백이 비도를 쳐내는 사이 전권을 파고들어 근접전을 펼치는 것이 그의 목적이었다.

하지만 그건 그의 착각이었다.

까라라랑!

비도 네 자루가 엽무백의 검신을 타고 맹렬하게 회전하더니 곧장 백발호를 향해 되돌아왔다. 대경실색한 백발호는 양손을 발작적으로 휘저었다.

까까깡! 픽!

세 자루는 가까스로 튕겨냈지만 한 자루는 왼쪽 옆구리에 깊숙이 박혔다. 오장육부가 짜르르 울리는 고통에 백발호는 한쪽 무릎을 철썩 꿇었다.

"흐억!"

검붉은 핏물을 왈칵 토해냈다.

비도가 창자를 자르며 깊숙이 박힌 것이다. 내용물이 뱃속으로 퍼지면서 지독한 고통이 밀려왔다. 사지가 바들바들 떨렸다.

엽무백은 검을 늘어뜨린 채 백악기를 향해 천천히 걸어갔다. 핏물을 흘리며 자신을 향해 다가오는 엽무백을 마주하는 순간 백악기는 온몸의 털이 곤두서는 것을 느꼈다. 얼마 만에 느껴보는 긴장감이란 말인가.

어린 시절 사부의 손에 이끌려 처음 검을 잡았을 때부터 언젠가 이런 날이 올 거라고 생각했다.

전력을 다해도 이긴다는 보장이 없는 적.

어쩌면 자신의 목숨을 앗아갈지도 모르는 적.

그런 적을 만나면 어떻게 해야 할까?

언제나 그랬지만 답은 없었다. 애초에 답이 없는 고민이었는지 모른다. 하지만 일생을 고민하고 일생을 수련했다. 그리고 이제 그런 적을 만났다.

채앵! 채앵!

두 자루 묘검을 뽑아 든 백악기가 신형을 날렸다.

엽무백은 철판교의 수법을 펼쳐 묘검을 흘려보냈다. 하지만 갑자기 꺾여 되돌아오는 검을 경시하지 못하고 연거푸 세 걸음이나 물러났다. 그것으로도 모자라 연달아 상체를 뒤로 꺾었다. 쌍살검의 위력은 그토록 대단했다.

하늘이 도왔다.

천운으로 승기를 잡았다고 생각한 백악기는 여세를 몰아 필생의 절초를 질풍처럼 뿌려댔다.

'기회는 두 번 다시 오지 않는다!'

하지만 그것도 잠시, 엽무백이 우뚝 멈추더니 활처럼 휘어졌던 상체가 발딱 일어났다. 때를 맞춰 두 자루 검이 빛을 뿌리기 시작했다.

까라라라라랑!

네 자루의 검이 허공에서 난상으로 얽혔다.

백악기는 단 한 초식이라도 놓치지 않기 위해 전력을 쥐어짰다. 엽무백의 쌍검이 자신의 쌍살검 못지않게 빨랐기 때문이다. 이토록 빠른 쾌검이 존재할 줄이야.

한순간 백악기의 눈동자에 기광이 맺혔다.

엽무백의 검이 기하급수적으로 늘어나기 시작했기 때문이다. 그건 마치 수십 자루의 검이 박힌 거대한 톱니바퀴가 맹렬하게 회전하는 것과도 같았다.

'환검(幻劍)!'

쾌(快)가 극(極)에 이르면 눈으로도 좇을 수 없게 되고, 그때부터 검신은 잔영만 흘린다.

흔히 말하는 검영(劍影)이다.

그런 검영이 지각할 수 있는 숫자의 한계를 넘어서게 되면 그때부턴 환검이 된다. 형체도 없고 소리도 없으며 검로가 무의미해지는 순간이다.

엽무백의 검이 그랬다.

검영이 점점 늘어나더니 어느 순간 백악기가 감당할 수 있는 한계를 넘어섰다. 불가항력을 느끼는 순간 백악기의 몸 여기저기에서 핏물이 터지기 시작했다.

퍼퍼퍼퍼퍽!

찰나의 순간 백악기가 본 것은 흐릿한 검영이 수차례 검권을 뚫고 들어와 가슴, 배, 어깨를 푹푹 쑤시고 빠지는 것이었다.

절대로 이길 수 없는 상대를 만났을 때의 절망감이란 이런 것일까? 백악기는 비명 같은 일갈과 함께 목숨을 건 마지막 일 초를 뿌렸다.

"으아아아!"

백악기의 검이 한 자나 쭉 늘어났다.

검기(劍氣)다.

오십여 년을 오직 검만 수련한 끝에 겨우 한 자 정도 뽑아낼 수 있게 된 검기. 하지만 백악기가 뽑아낸 검기는 헛되이 허공을 베었을 뿐이다. 그사이 엽무백이 썰물처럼 몸을 빼버렸기 때문이다. 엽무백은 딱 검기가 미치지 않은 일 장 밖에서 서늘한 표정으로 서 있었다.

"헉헉헉헉……!"

백악기는 도저히 이해할 수 없었다.

짧은 격돌이었지만 심력을 모조리 쥐어짠 탓에 그는 지금 심장이 터질 것처럼 벌렁거렸다. 한데 엽무백은 일흔여 명을 도살하고도 모자라 자신과 일전을 치렀다. 그런데도 그의 숨소리는 아기처럼 평온했다.

백악기는 망연자실한 눈으로 자신을 내려다보았다. 단정했던 청의 장삼은 넝마가 된 지 오래고 온몸은 난자되어 칼집이 새겨져 있었다. 벌어진 상처들 사이로 피가 낭자하게 흘렀다. 팔뚝을 따라 흘러내린 핏물이 아래로 늘어뜨린 두 자루 검신을 타고 뚝뚝 떨어졌다.

"도대체… 너는… 누구냐?"

엽무백은 일언반구도 없었다.

마치 대답할 가치조차 없다는 듯 싸늘한 얼굴로 다가오더니 두 자루 검을 교차해 휘둘렀다. 핏물이 사방으로 튀는 순간 백악기는 썩은 고목처럼 쓰러졌다.

엽무백은 백발호를 향해 천천히 돌아섰다.

죽음의 공포를 느낀 백발호는 남은 힘을 쥐어짜 진자강을 향해 덤벼들었다. 눈 깜짝할 사이에 진자강의 턱밑에 비수를 붙인 백발호가 고함을 질렀디.

"가까이 오면 아이를 죽이겠다!"

엽무백은 백발호의 말을 무시한 채 걸어갔다.

"나를 시험하지 마라."

백발호는 진자강을 끌고 뒷걸음질을 치며 악을 썼다. 하지만 엽무백의 걸음은 멈추지 않았다. 불과 일 장의 거리를 두고 엽무백이 걸음을 멈췄다.

"죽여."

"뭐?"

"네 검이 빠른지 내 검이 빠른지 보자."

"이놈이 광동진가의 소공자라는 걸 알고 있다. 네놈은 절대 도박을 못해."

백발호는 엽무백이 아직도 정도무림의 고수라고 생각하는 것 같았다.

"내가 먼저 검을 뽑을까?"

엽무백이 한 걸음 더 다가갔다.

엽무백의 전신에서 뿜어져 나온 서늘한 기도에 백발호는 저도 모르게 한기가 들었다. 그건 수식으로써의 한기가 아니라 뼛속까지 전해지는 물리적인 실체였다.

'정신을 차려야 한다.'

상대는 일흔 명을 도륙해 놓고도 눈 하나 깜짝 않는 살인마다. 놈에게서 자비를 기대하는 건 멍청하기 짝이 없는 짓이다.

협상도 모른다.

아이를 죽이든 죽이지 않든 놈은 반드시 자신을 죽이려 할 것이다. 방법은 하나밖에 없었다. 아이에게 중상을 입히고 놈이 보살피는 틈을 타 도주하는 것.

그때였다.

"악!"

백발호가 화끈한 불 맛을 느끼며 발작적으로 손목을 털었다. 엽무백에게 정신이 팔려 있는 사이 진자강이 검파를 쥔 손목을 물어뜯은 것이다. 그 순간 진자강은 상대의 팔을 비틀어 꺾은 다음 상처 입은 옆구리를 가격해 상체를 무너뜨리는 한편, 한 발을 살짝 걸어 백발호의 신형을 공중에 띄웠다.

마지막으로 난타가 이어졌다.

뻐버버벅!

체공 상태의 백발호 얼굴을 향해 무려 세 방이나 주먹질을
한 것이다. 그 위력이 예사롭지 않더라니 바닥으로 떨어지는
백발호의 얼굴은 만신창이가 되어 있었다.

'진가권(眞家拳)……'

엽무백은 눈매를 좁혔다.

비록 진기가 실리지는 않았지만 그건 분명 상당한 수준의
형(形)과 권로(拳路)를 따른 진가권이었다. 진자강이 마시막
일격을 가했다.

콱! 소리와 함께 진자강의 발이 백발호의 아가리에 박혔다.
놀란 진자강이 재빨리 발을 털어내고는 후다닥 물러났다. 두
주먹을 불끈 쥐고 어깨를 잔뜩 세운 채 씩씩거리는 것이 여간
맹랑하지 않았다.

엽무백은 실소를 머금었다.

마교의 사자가 한낱 열세 살짜리 꼬마의 주먹질에 맞아 쓰
러질 줄 누가 알았겠는가.

엽무백은 피를 게워내는 백발호에게로 다가갔다.

"내가 널 살려둔 건 물어볼 게 있어서다."

"난 해줄 말이 없다. 깨끗이 죽여라."

"삼공자는 어떻게 죽었나?"

"너… 설마……?"

"어차피 끝난 일이잖아. 네가 말을 해주면 나는 명예로운
죽음을 주겠다. 거래를 하자."

"후후, 목숨도 아니고 죽음의 방식을 두고 거래를 하게 될 줄은 몰랐군."

"손톱을 뽑고, 이빨을 뽑고, 눈알을 뽑고, 힘줄을 뽑아도 사람은 안 죽어. 죽을까? 죽을지도 모르겠군. 한번 해볼까?"

"황벽도는 신교의 십대 자금원 중 한곳이다. 그런 곳을 피로 물들이고도 네놈이 살기를 바랐더냐. 신궁에서 네놈을 찾기 위해 고수들을 파견할 것이다. 한 달, 두 달은 피할 수 있을지언정 일 년, 이 년은 도주하지 못할 것이다. 처참한 죽음을 기대하라."

"오는 족족 쳐 죽여주지. 이제 선택해라. 도박을 하겠느냐, 아니면 명예롭게 죽겠느냐."

"닷새 전 신궁에서 전쟁이 벌어졌다고 들었다. 팔마궁의 궁주들이 일만의 고수를 이끌고 신궁으로 진격했고, 오원의 원로들이 이만의 병력을 이끌고 측면을 지원했다. 그때 삼공자의 곁에는 삼천의 병력만 있었지. 날이 밝아올 무렵 삼공자와 삼천의 병력은 몰살당했다. 삼공자의 저승행은 비마궁(祖魔宮)에서 인도했지."

비마궁은 팔마궁 중 제일궁으로 칠공자가 가장 공을 들여 포섭한 곳이다. 아마도 비마궁의 고수들이 장벽산을 에워싸고 협공해 죽였나 보다.

"약속은 지키겠지?"

백발호가 고개를 꺾어 엽무백을 바라보며 물었다. 진자강에게 발길질을 당할 때 턱뼈가 부러졌는지 입이 활짝 열려 있었다.

엽무백이 검을 수직으로 꽂았다.

푹!

백발호의 입을 뚫고 들어간 검이 식도를 지나 뱃속 깊숙이 박혔다. 백발호는 하늘을 향해 검을 문 채 절명했다.

"물론이지."

"우웩!"

갑작스러운 소리에 엽무백이 천천히 돌아섰다.

진자강이 바닥에 엎드려 뱃속에 든 것들을 게워내고 있었다. 어린 나이에 잔인한 참상을 연달아 목격한 탓이다.

엽무백이 천천히 진자강에게로 다가갔다.

놀란 진자강은 저도 모르게 뒷걸음질을 쳤다. 진자강의 눈에 비친 엽무백은 더 이상 예전에 그가 알던 엽무백이 아니었다.

진자강은 아무리 머리를 굴려봐도 도무지 이해가 되지 않았다. 저토록 고강한 사람이 그동안 어떻게 드러나지 않았는지, 왜 명부동에 끌려와 노예와도 같은 삶을 살았는지.

"네가 패도(覇刀)의 아들이냐?"

패도 진세기는 바로 그 광동진가의 마지막 가주였다.

진자강은 주저하며 고개를 끄덕였다.

"나와 함께 가겠느냐?"

끄덕끄덕.

"내가 누군 줄 알고?"

"마두죠."

"……!"

"나이가 어리다고 눈치까지 없는 건 아니에요. 그래서 제 간을 빼 먹을 건가요? 아니면 제 원정을 흡수해 마공을 수련하실 건가요?"

"……?"

"아저씨가 누구든 상관없어요. 아저씨를 따라다니며 악의 무리와 맞서겠어요. 보서서 알겠지만 열세 살짜리 중에서는 제가 천하제일인일 걸요."

"……."

"아닐까요?"

"금사도로 갈 작정이다."

"저도 그 소문 들었어요."

"힘든 여정이 될 것이다. 금사도가 있을지 없을지도 모르고 설혹 있다고 해도 성공하지 못할 수도 있다. 물론 죽을 수도 있다. 마지막으로 묻는 것이니 잘 대답해야 한다. 그래도 가겠느냐?"

"끝까지 가보기 전에는 모르는 거라고요."

엽무백이 초월이에게 했던 말을 그대로 읊어놓고 진자강은 씨익 웃었다.

엽무백은 침잠한 눈으로 진자강을 바라보았다. 위험한 여정인 것은 맞지만 녀석을 데려가지 않는 것은 더 위험했다.

서로가 필요한 존재인 것이다.

"한 가지만 말해라. 들어주겠다."

"초월이 누나를 구해주세요."

엽무백과 진자강은 산허리에 서서 해변을 내려다보았다. 저만치 보이는 거북바위 아래에서 왕거지와 초월이가 서성이고 있었다.

보따리를 꼭 껴안은 초월이는 초조하기 짝이 없는 기색이었다. 진자강이 끌려간 일과 명부동에서 벌어진 일까지 모두 전해 들었기 때문이다.

진자강의 얼굴이 환하게 밝아지더니 곧장 달려가려 했다. 엽무백이 진자강의 어깨를 눌렀다. 진자강이 걸음을 멈추고 엽무백을 돌아보았다.

"지금부터는 한 걸음 한 걸음 신중하게 내디뎌야 한다. 적들이 우리의 행적을 눈여겨보고 있다는 걸 잊지 마라."

사람들은 진자강과 초월이를 남매로 알고 있다. 광동진가의 소가주인 진자강이 사라지면 당연히 초월이를 추적할 것이다.

진자강은 영민했다.

엽무백의 말 속에 숨은 뜻을 간파한 그는 한참을 생각하다 물었다.

"누나는 어떻게 되는 거죠?"

"너라면 어떻게 하겠니?"

진자강은 잠시 생각하다가 말했다.

"황벽장으로 갈 거예요. 그리고 저의 시체가 없다는 걸 알아차린 후 기뻐하겠죠. 그런 다음엔 제가 아저씨와 함께 안전한 곳으로 갔다고 생각하고 누나도 고향인 사천으로 돌아갈 거예요."

"내 생각도 그렇다."

"하지만 누나 혼자서 돌아가기에 사천은 너무 멀고 험난해요. 마교도의 추격을 받을지도 모르고, 노상강도를 만날지도 몰라요."

"왕거지가 도와주기로 했다."

"왕 할아버지를 믿어도 될까요?"

"그는 개방의 장로다."

"……!"

진자강의 눈이 튀어나올 듯 커졌다.

왕거지가 한때 십만의 방도를 자랑했던 개방의 장로일 줄은 꿈에도 몰랐기 때문이다. 한데 그걸 엽무백은 어떻게 아는 것일까?

"가자."

포구에서 번을 서는 놈들을 처치하고 비조선을 탈취해 섬

을 빠져나가려면 갈 길이 멀었다. 그때 진자강이 등 뒤에서
말했다.

"진소정이에요."

엽무백이 걸음을 멈추고 뒤를 돌아보았다.

"제 진짜 이름 말이에요."

"그 이름은 잊는 게 좋겠다."

第八章　숲에서의 하룻밤

생존자가 한 명도 없었던 탓에 황벽장은 오랫동안 방치되었다. 산동오살이 섬으로 들어왔을 때는 혈사가 일어난 날로부터 나흘이 지난 후였다.

　일살은 눈살을 찌푸렸다.

　잉어가 노니는 연못은 피 웅덩이로 변한 지 오래였고, 떠다니는 시체들은 퉁퉁 불어 형체를 알아볼 수가 없었다. 정원 여기저기 널브러진 다른 시체들의 사정도 마찬가지였다.

　가장 참혹한 것은 황벽장의 장주 백악기와 신교에서 광산을 관리감독하기 위해 내려보낸 백발호였다. 백악기의 사체는 온몸에 회를 쳐놓고도 모자라 가슴에 선명한 흉(凶) 자가 새겨져 있었다.

백발호는 검을 입에 문 채 하늘을 향해 두 눈을 부릅뜨고 죽어 있었다. 검이 그의 목구멍을 타고 뱃속 깊이 박혀 있는 탓이다.

산전수전을 모두 겪은 일살이지만 이토록 처참하고 잔악 무도한 살인 현장은 처음이다.

'도대체 이게 무슨 검법이지?'

사대부는 필적을 남기고 검사는 검흔을 남긴다. 하지만 아무리 살펴도 백악기의 시체에 남은 검흔으로는 유파를 짐작 조차 할 수 없었다. 잘리고 찔린 상처들은 마치 어떤 흉악한 기계에 짓이겨진 것처럼 어지러웠다. 그야말로 난도질. 이런 수법은 강호의 그 어떤 유파에서도 보지 못한 것이다.

일살은 고개를 돌려 장원을 한차례 쓸어보았다. 네 명의 아우가 곳곳에서 현장을 살피고 있었다. 시체에 난 검흔, 발자국, 기물의 파손 등을 통해 놈의 동선과 무공에 대한 실마리를 알아내기 위해서다.

하지만 한 시진이 넘도록 성과가 없었다.

잠시 후, 이살이 다가왔다.

"무흔(無痕)입니다."

사람이 죽었는데 흔적이 남지 않을 리 없다.

무흔이라는 말은 그 흔적이 너무 평범하여 개성을 찾을 수 없다는 뜻이다. 둘 중 하나다. 흉수가 처음부터 그런 무공을 익혔거나 아니면 의도적으로 흔적을 남기지 않았거나.

후자의 경우 또 하나 경우의 수가 있다.

검술이 극에 이르러 초식의 한계로부터 벗어난 자유인의 경지, 그야말로 휘두르는 모든 동작이 절초가 되는 무신의 경지다.

그러나 그 모든 것들을 제쳐두고 조금만 다른 각도에서 생각해 보면 뜻하지 않은 사실을 유추할 수 있다. 모든 검사들이 검흔을 남긴다면 검흔을 남기지 않는 자가 오히려 더욱 튀지 않을까?

그때 삼살이 한 사람을 잡아끌고 왔다.

몰매라도 맞았는지 어느 한구석 성한 곳이 없는 자다. 삼살은 일살 앞에 사내를 거칠게 꿇렸다.

"갱도에 숨어 있는 걸 잡아왔습니다. 섬 안에서 살아 있는 자는 놈이 유일합니다."

일살이 사내를 내려다보며 물었다.

"이름?"

"자, 장일입니다."

일살이 죽립을 슬쩍 들어 올렸다.

순간 드러나는 흉성에 장일은 사지를 바들바들 떨었다.

"지금부터 내가 묻는 말에 신중하게 대답을 해야 할 것이다. 그 대답이 너의 생사를 가를 수도 있은즉."

"여, 여부가 있겠습니까요."

"무슨 일이 있었던 게냐?"

장일은 퉁퉁 부어터진 눈으로 그동안 있었던 일을 낱낱이 설명하기 시작했다.

"성난 군중이 동료들을 몽둥이로 패 죽이는 사이 소인은 가까스로 도망간 다음 갱도에 숨어 있었습죠. 이틀이 지난 후 나와 보니 장원은 피로 물들어 있고 범선은 사라지고 없었습니다요."

"이 모든 게 한 놈이 한 짓이다?"

"그렇습니다요. 명부동에서도 있는 듯 없는 듯 지낸 놈이었는데 어느 날 갑자기 돌변해서는……."

"놈이 잡혀온 지는 얼마나 됐지?"

"이십여 일쯤 되었습니다."

산동오살이 은밀한 시선을 나누었다.

자신들이 추격하던 자의 흔적을 놓친 것도 그쯤이다. 그 무렵 우연히 인간 사냥꾼들인 흑사단을 만났고, 단주로부터 여정 중에 이상한 놈을 만나 황벽장에 팔아먹었다는 얘기를 듣고 혹시나 싶어 들른 길이다. 한데 섬이 피로 물들어 있을 줄이야.

"놈의 이름은?"

"여, 엽 씨 성을 쓴다는 것 외에는 모릅니다."

"스무날이나 지켜보고도 이름을 모른다?"

"며, 명부동에선 다들 장씨, 이씨 따위로 불립니다. 게다가

앞서 말씀드렸다시피 워낙 있는 듯 없는 듯 지내는 바람
에……. 대인, 믿어주십시오."

장일이 땅바닥에 머리를 박아댔다.

"놈이 갑자기 발작을 한 이유는?"

"화무강이란 자가 있었습죠. 사람들이 수군거리는 말을 들
으니 흉사가 벌어지기 전날 밤 화무강이 여섯 명을 이끌고 장
원을 기습한 모양입니다. 하지만 그 사실을 미리 알고 있던
장주가 모조리 척살했고, 화무강과 강변에서 만나기로 했던
아이까지 삼아들인 모양입니다. 엽가 놈이 장원을 쳐들이기
몰살을 한 건 그 이후의 일입니다."

"아이?"

"진자강이라고 명부동에서 국수를 팔던 고아였습죠."

"진자강?"

"놈이 잡혀오던 날 함께 끌려왔습죠. 열세 살 정도의 꼬마
였는데 애새끼가 어찌나 잔머리를 굴리는지 보통 놈이 아니
었습니다. 놈과는 각별히 친하게 지냈습죠."

"수고했다. 가보거라."

장일은 축객령이 떨어지고 난 후에도 세 번을 더 이마를 찧
은 다음 물러갔다.

이살이 다가와 말했다.

"놈이 틀림없습니다."

"놈 누구?"

"우리가 추격하던 그놈 말입니다."

"그러니까 그놈이 누구냐는 거다."

"……!"

이살은 말문이 막혔다.

들고 보니 그렇지 않은가.

자신들은 만박노사로부터 명을 받고 놈을 추격해 왔다. 명령의 내용은 이랬다.

"신도에 삼공자가 이따금 찾아가 함께 술을 마시는 미지의 존재가 있다. 오늘 밤 삼공자가 놈을 만나러 갈 것이다. 세상 끝까지라도 추격해 놈을 반드시 제거하라."

무공도, 내력도, 심지어 놈의 거처가 어디인지도 알려주지 않았다. 다만 만박노사의 그 서늘한 음성으로 미루어 심상치 않은 놈이라는 정도만 짐작했을 뿐이다.

그리고 오늘 삼백 년 전 세상에 등장한 이래 단 한 번도 파훼된 적이 없는 중망쇄금진을 깨뜨린 것을 보고 비범한 놈이라고 확신했다.

그리고 지금, 일살의 말을 듣는 순간 이살은 머릿속에 번개처럼 스쳐 가는 사람이 있었다. 좀처럼 평정을 잃지 않던 그의 두 눈이 튀어나올 듯 커졌다.

"설마……!"

"만박노사께 전서구(伝書鳩)를 날려 작금의 상황을 보고하고, 빠른 시일 내로 내가 뵙기를 청한다고 일러라."

　"알겠습니다."

＊　　＊　　＊

　대륙의 동남쪽에 자리한 복건성(福建省)은 겨울에도 눈을 볼 수 없을 만큼 따뜻한데다 사철 비가 잦은 탓에 성 전역이 숲으로 울창했다.

　엽무백은 진자강과 함께 대운산맥(戴雲山脈)을 성을 양단해 달리고 있었다. 일체의 내공을 쓰지 않고 오직 근육의 힘으로만 달리는데도 불구하고 엽무백의 속도는 시종일관 변함이 없었다.

　하지만 열세 살 소년에겐 심장이 튀어나올 것처럼 고역스러운 일이었다.

　"헉헉헉! 죽을 것 같아요, 아저씨."

　엽무백은 힐끗 뒤를 돌아보았다.

　온몸이 땀으로 흠뻑 젖은 진자강이 사색이 되어 따라오고 있었다. 나뭇가지에 긁혔는지 얼굴은 온통 생채기투성이다.

　"건각(健脚)을 만들어라. 그 다리가 한 번쯤은 목숨을 구해 줄 것이다."

　"헉헉! 일단은 살아야 목숨을 구해도 구하죠."

"뛰다가 죽는 사람은 없다."

"헉헉! 나흘 동안 칡뿌리만 캐 먹으면서 쉬지 않고 달렸단 말이에요. 헉헉! 이건 열세 살짜리 아이에게 자살 행위라고요. 아저씨는 자살을 조장한 거고요."

"하루에 두 시진씩은 쉬었다."

"헉헉! 그건 잠잘 때 얘기죠."

"잠자는 게 쉬는 거다."

"자고 뛰고 자고 뛰고. 헉헉헉! 그렇게 살 수 있는 사람은 없어요."

"앞으로는 이보다 더한 일도 겪게 될 거야."

풀썩!

무언가 쓰러지는 소리에 엽무백이 걸음을 멈추고 뒤돌아보았다. 진자강이 게거품을 문 채 까무러쳐 있었다.

"……!"

진자강의 말대로 지난 나흘 동안 칡뿌리만 먹으면서 하루에 열 시진 이상씩 뛰거나 걸었다. 열세 살 소년에겐 한계를 넘어선 강행군이라는 말도 맞다.

엽무백이 황당해하는 것은 녀석이 불평은 늘어놓았을망정 까무러치기 직전까지 달렸다는 것이다.

'용혈(龍血)이라 이거지.'

패도 진세기는 도무지 굽힐 줄을 모르던 강골의 무인. 그 피가 어디 갈 리 없다. 다만 내공의 기틀을 다지지 못한 것이

문제라면 문제였다. 하고 싶음과 할 수 있음은 전혀 다른 문제이므로.

엽무백은 잠시 주위를 둘러본 후 아름드리 교목 하나를 고른 다음 평지를 달리는 속도 그대로 둥치를 타고 올랐다.

사람이 나무를 직각으로 타고 오를 수는 없는 노릇이다. 누군가 보았다면 요괴가 나타난 줄 알고 까무러쳤을 것이다. 사실 그건 엽무백이 익힌 독특한 경신 공부 때문이었다.

꼭대기의 가느다란 가지 끝을 밟고 서자 시원한 바람이 옷섶을 파고들었다. 기지와 함께 바람에 흔들리면서 엽무백은 주변의 지형을 조망했다. 끝도 없이 펼쳐진 수림 너머로 거미줄처럼 복잡하게 얽힌 골짜기들이 보였다.

숲은 많은 걸 말해준다.

나뭇가지의 흔들림, 새들의 비상, 먼지의 부유, 이 모든 것이 숲이 말해주는 표지다.

지난 나흘 동안 추격의 기미는 보이지 않았다. 그것이 추격이 없다는 걸 의미하지는 않는다. 포기했을 수도 있고, 추격의 기회를 놓쳤을 수도 있다.

모든 것은 왕거지에게 달렸다.

그가 시간을 벌어주었다면 오늘쯤 적들이 황벽장의 혈사를 발견했을 것이다. 시간을 벌어주지 못했다면 이틀 전부터 추격을 당하고 있을 것이다.

마교 십대 자금원 중 한 곳을 피로 물들였는데 한두 명이 추격할 리 있나. 지금쯤 전서구가 대륙을 날아다니고 적들이 사방에서 포위망을 좁혀올 것이다.

모든 건 최악의 상황을 염두에 두고 움직여야 한다. 나흘 동안 체력의 한계를 넘어선 강행군을 한 것도 혹여 있을지 모르는 천라지망을 피하기 위해서였다.

엽무백은 십여 장 아래의 바닥을 향해 몸을 던졌다. 무서운 속도로 낙하했지만 바닥에 착지할 때는 새처럼 가벼웠다. 이어 진자강을 번쩍 들어 올려 옆구리에 끼고는 교목의 꼭대기에서 보아두었던 장소를 향해 달리기 시작했다.

골짜기 깊은 곳에서 모닥불이 피어올랐다.

모닥불 위에는 홀딱 벗은 토끼 한 마리가 꼬챙이에 꿰인 채 노릇노릇 익어갔다. 다시 그 곁에는 진자강이 쌔근쌔근 잠들었다.

엽무백은 모닥불 곁에 앉아 기나웅에게서 빼앗은 단검으로 오죽(烏竹)을 정성스럽게 깎고 있었다. 까마귀처럼 검다는 뜻에서 오죽이라 이름 붙은 이 대나무는 피리를 만들 정도로 가늘게 자라는 것이 특징이다.

하지만 이곳 복건하고도 대운산맥 일부에서만 자라는 오죽은 달랐다. 크기는 십여 장을 넘기는 게 예사고 굵기는 어지간한 장정의 팔뚝에 육박했다. 특히 오래 묵은 오죽은 단단하기가 이를 데 없어 묘족 사냥꾼들이 뾰족하게 깎아 화살촉

대용으로 쓰기도 한다.

"고기다!"

진자강이 눈을 떴다.

정신을 차리자마자 고기 냄새부터 맡은 걸 보면 배가 어지간히 고팠던 모양이다. 진자강이 모닥불 곁으로 바짝 다가와 앉으며 물었다.

"먹어도 돼요?"

"먹으려고 잡은 거다."

신사강이 앞뒤 돌아보지 않고 고기를 뜯을 거라는 생각과 달리, 다리 한쪽을 쪽 찢어 엽무백에게 내밀었다. 엽무백이 고개를 들어 진자강을 바라보았다. 뭐냐는 뜻이다.

"장유유서(長幼有序)잖아요."

"생각없다."

"아저씨도 칡뿌리밖에 안 먹었잖아요."

"살을 빼야 해."

"예에? 전혀 뚱뚱해 보이지 않는데요. 아니, 오히려 말라 보여요."

"근육 사이에 지방이 끼었다."

신도에 틀어박혀 있으면서 무공을 쓰지 않은 지 삼 년이 넘었다. 이따금 루주들의 부탁으로 용돈 벌이 삼아 싸움판에 끼어들기도 했지만 앞으로 상대해야 할 적들은 그런 왈짜들과는 차원이 달랐다.

몸무게가 늘지 않았어도 곳곳에 보이지 않는 지방이 끼어 있다는 걸 엽무백은 느낄 수 있었다. 그 지방을 모두 태우고 느슨해져 있던 근육도 다시 탄력적으로 만들려면 적지 않은 시간이 걸릴 것이다.

"황벽도에서 그렇게 노역을 했는데 지방이 끼어 있다고 요?"

"무식하게 힘을 쓸 때의 근육과 권각을 내지를 때의 근육은 달라."

진자강이 들고 있던 고기를 슬그머니 내려놓았다. 엽무백이 진자강을 바라보았다. 또 뭐냐는 뜻이다.

"저도 지방을 빼야겠어요."

"왜?"

"오늘부터 권각술을 다시 수련할 거니까요."

"나와 넌 달라. 먹지 않으면 쓰러질 테고 그럼 내가 귀찮아진다. 먹어."

"그것도 그러네요."

진자강이 게걸스럽게 고기를 뜯기 시작했다.

저렇게 간단하게 설득이 되다니, 엽무백은 뭔가 쎄 하는 느낌이 들었다. 진자강이 고기를 뜯는 와중에 좌우를 돌아보며 물었다.

"그런데 이렇게 연기를 피워도 되나요?"

"산곡풍(山谷風)이 연기를 숲 전역으로 옮기고 있다."

"산곡풍요?"

"골짜기를 타고 부는 바람이다. 낮에는 산 정상으로, 밤에는 산자락으로 불지."

"풍류운산(風流雲散)의 이치로군요. 혹여 멀리서 보더라도 안개가 피어오르는 줄 알 테고. 이야, 대단해요."

풍류운산, 바람이 불어 구름을 흩어지게 한다는 뜻이다.

뜻밖이다.

녀석이 왕거지와 대화를 할 때 문자를 섞는 걸 보면서 어지간히 영민하다는 건 알았지만 하나를 가르쳐 주면 그 너머의 현상까지 살피는 관찰력이 있을 줄이야.

"병기공도 아느냐?"

"알면 뭘 해요. 힘이 실리지 않는데."

"왜 그렇다고 생각하느냐?"

"전 기억할 수 있는 가장 어린 시절부터 할아버지와 함께 산속에서 자랐어요. 할아버지는 코흘리개인 제게 매일 이름도 모르는 무공들을 익히게 했어요. 내공도 다지지 않고 오로지 투로와 초식만 원숭이처럼 흉내 내고 있으니 위력이 있을 리가 없죠. 전 이까짓 것 배워 어디다 써먹느냐고 했지만 그때마다 할아버지께서 말씀하셨어요. 언젠가 고수를 만나면 큰일을 낼 무공이라고."

진자강이 토끼 뒷다리 쪽을 뜯느라 잠시 말이 끊어졌다.

"소금이 있었으면 좋았을 것을. 왕거지 아저씨와 함께 삶아 먹던 새고기가 생각나네요. 하여간에 그때는 그게 무슨 말인지 몰랐어요. 할아버지가 돌아가시고 세상을 떠돌던 중 우연히 초월이 누나를 만났죠. 누나와 함께 산속에서 권각술을 수련하고 있었는데 어떤 노인이 나무 뒤에서 훔쳐보고 있다가 느닷없이 나타나서는 '네가 진소정이냐?' 라고 하더라고요. 그래서 전 '아닌데요. 전 진자강인데요' 라고 했죠. 그랬더니 '넌 진소정이다. 광동진가의 소공자지' 라고 하더라고요. 그때 처음 알았어요. 제가 익힌 무공이 진가권과 진가도라는 걸."

"힘이 실리지 않는다고 생각하는 이유를 물었는데 왜 딴소리야?"

"뭐예요. 끝까지 들으셔 놓고."

진자강이 고기를 뜯다 말고 뚱해졌다.

"일단 시작한 거니까 해봐."

"예에?"

"더 없어? 그게 끝이야?"

진자강은 한순간 떨떠름한 표정을 짓더니 다시 말을 이었다.

"별거 없는데…… 초월이 누나와 함께 남만 어느 화전민 마을로 들어갔어요. 거기서 엄청난 고수들을 만났죠. 일장을 내지르면 나무에 쩍쩍 금이 가고 칼을 휘두르면 일도에 대나무를 다섯 개나 베어버리더라고요. 무조건 무공을 가르쳐 달라고 졸라댔어요. 그랬더니 안 된대요. 자기들은 감히 진가의 무학에 손을 댈 수 있는 깜냥이 아니라고. 그래서 기본공 정도만 배웠죠. 숨 쉬는 법, 달리는 법, 쓰러지는 법이요. 전 별로 잘하는 것 같지 않은데 사람들은 박수를 치며 좋아하더라고요. 참나."

나무를 쪼개고 대나무를 배는 짓은 삼류고수라도 할 수 있다. 어린 진자강의 눈에는 엄청나 보이기도 했을 것이다.

"별거 없네."

"제가 그랬잖아요."

진자강의 입술이 한 자나 튀어나왔다.

엽무백은 계속해서 대나무를 깎았다.

진가(眞家)의 칼과 주먹은 이견의 여지가 없는 무림 일절이었다. 칠성의 성취만 이루어도 일성에선 적수를 찾기 어렵고, 십성을 넘기면 대륙을 통틀어 적수가 몇 명 되지 않을 것이다.

백여 년 전 십대고수(十大高手)로 이름을 떨쳤던 무적도(無敵刀) 진정후가 그것을 증명했다.

하지만 진정후 이후 광동진가에서는 더는 무신급의 고수가 나오질 않았다. 진자강의 아비이자 패도로 이름을 날린 진세기조차도 팔성의 성취를 이루었을 뿐이다.

패도가 정도무림의 생존자들에게 추앙을 받은 것은 무공이 강해서라기보다는 불의와 타협하지 않는 그 강골의 기질 때문이었다.

"뭘 봐?"

엽무백이 물었다.

진자강은 자신의 사연을 말할 때부터 계속 엽무백의 눈치를 살피고 있었다. 무언가 바라는 게 있는 것이다.

"아저씨는 제자를 들인 적 있으세요?"

"없다. 앞으로도 그럴 거고."

"절대로요?"

"절대로."

"꼭 그러실 필요가 있을까요? 밥도 시키고, 빨래도 시키고, 심부름도 시키고, 그것 말고도 생각해 보면 시킬 게 엄청 많을 거예요. 그러니까 절대로 제자를 들이지 않을 거라고 미리 단정할 필요는 없다고 전 말하고 싶네요."

"대신 무공을 가르쳐야 하지."

"당연하죠. 세상에 공짜가 어딨어요?"

"그러니까 싫다는 거야. 하나를 받으면 하나를 줘야 하니까. 내가 그것 때문에 패가망신한 사람이거든."

"그건 또 무슨 말이에요?"

"어떤 놈이 있었는데 내가 목숨을 여러 번 빚졌지. 오해할까 싶어서 미리 말해두는데 내가 놈보다 약해서 빚진 게 아냐. 놈은 그냥 그럴 만한 위치에 있었고 나는 아니었기에 그랬던 거지."

"당최 무슨 말씀인지 못 알아듣겠네요."

"그건 내 알 바 아니고, 어쨌든 그래서 빚을 갚겠다고 녀석 곁을 맴돌았는데 빚 갚을 기회를 안 주는 거야. 오히려 녀석이 대주는 돈으로 먹고 자고 입으면서 계속 신세만 졌지. 계속."

"그래서요?"

"끝까지 신세만 지다가 놈은 죽고 나는 살아서 기분만 더럽고 그래. 그래서 내 결론은 처음부터 주지도 받지도 말자야."

"회한한 결론이네요."

"네가 더 이상해, 인마. 진가의 후손이 마두를 사부로 모시겠다는 게 말이 돼?"

"그건… 그러네요."

진자강이 고개를 푹 떨구었다.

엽무백은 계속해서 대나무를 깎았다.

마디 하나 정도의 길이로 토막을 내고, 그걸 다시 젓가락 굵기로 잘게 쪼갠 후 속대를 쳐내고 단단한 껍질 부위만 남기는 식이었다.

그렇게 만든 대나무 작대기를 발치에 가지런히 꽂았다. 바닥엔 어느새 오십여 개가 빽빽하게 꽂혀 있었다. 엽무백이 막하나를 더 만들어 바닥에 꽂으려는 순간 진자강이 다시 물었다.

"그런데 뭔 젓가락을 그렇게 많이 만드세요?"

엽무백의 손이 한순간 멈칫했다.

"젓가락 아니거든!"

"맞는 것 같은데……."

진자강이 대나무 작대기 한 쌍을 무심코 집어 들었다. 그리고 젓가락처럼 손가락 사이에 끼우고 나뭇잎 위에 떨어진 고기조각을 한 점 집어 먹었다.

"젓가락 맞는데요?"

그 순간 엽무백이 진자강의 젓가락을 빼앗아 바깥으로 홱 뿌렸다. 살짝 감정이 실린 손놀림이었다.

뚜둥!

대여섯 장 밖에 서 있던 교목 둥치가 묵직하게 울렸다. 젓가락 두 개는 손가락 한 마디 정도의 길이를 남겨두고 깊숙이 박혀 버렸다. 만약 사람의 두개골이었다면 비명을 지를 사이도 없이 즉사했을 것이다.

"저, 저게 뭐예요?"

"투골저(透骨箸)라는 놈이다."

"무, 무시무시하네요."

작업을 모두 마친 엽무백은 그때까지 쓰던 단검을 소맷자락 안으로 집어넣었다. 기나웅에게서 빼앗은 단검은 딱 관절하나의 길이이기 때문에 팔뚝에 끈을 묶고 그 사이에 끼워두면 활동하는 데도 지장이 없고 사람들의 눈에도 띄지 않았다.

이어 엽무백은 지금까지 만든 투골저를 모두 뽑아 품속에 갈무리한 후 진자강을 향해 말했다.

"바늘로 코끼리를 쓰러뜨리는 방법이 무엇인지 아느냐?"

진자강은 생각에 잠겼다.

무슨 이런 뜬금없는 질문을 하나 싶었지만 왠지 모르게 호기심이 일었기 때문이다. 바늘로 어떻게 코끼리를 죽일까? 눈을 찌를까? 심장을 찌를까? 아니면 죽을 때까지 찌를까? 아무리 생각해도 바늘 하나로 코끼리를 죽일 수는 없었을 것 같았다.

"그걸로 코끼리는 죽이는 건 불가능하지 않을까요? 겨우 손가락 하나에 불과한데 그걸로는 가죽도 겨우 뚫겠네요."

"난 죽이라고 하지 않았다."

"예?"

진자강의 눈동자가 반짝였다.

엽무백의 말에서 뭔가 심상치 않은 기색을 읽은 진자강은 머리를 팽팽 돌렸다. 그 순간 번개처럼 스치는 생각이 있었다.

"발바닥. 발바닥을 찌르면 돼요."

"어째서 그렇지?"

"바늘로는 어디를 찔러도 코끼리의 급소를 건드릴 수 없어요. 하지만 발바닥을 찌르면 코끼리는 걷지를 못할 테고, 결국 먹지 못해서 쓰러지겠죠."

"맞다. 바늘은 내공심법을 익히지 않았는데도 제 몸의 수만 배나 되는 코끼리를 쓰러뜨린다. 이게 무엇 때문이라고 생각하느냐?"

진자강은 엽무백이 자신을 무언가 상승의 무리로 이끌어주려 한다는 걸 깨달았다. 하지만 정신을 집중하고 머리를 팽팽 돌려보았지만 뭔가 이거다 하는 느낌은 없었다.

"발바닥은 코끼리의 몸 중 가장 질기고 단단한 부위다. 바늘이 코끼리의 발바닥을 뚫을 수 있는 것은 뾰족하기 때문이지. 힘을 한곳으로 집중시키면 진기를 싫은 것 못지않은 위력을 낼 수 있다."

"......!"

진자강은 둔기로 얻어맞은 것 같았다.

무공을 익힌 후 고민해 왔던 문제의 실마리가 잡힐 듯하면서 머릿속 어느 지점이 조금씩 맑아지는 것 같았다.

'내공을 익히지 않아도 위력을 담을 수 있다고?'

엽무백은 투골저를 만들고 남은 대나무 장대를 집어 들었다. 이어 장대로 시뻘건 숯이 잔뜩 만들어진 모닥불을 반으로 쪼갠 다음 미리 파놓은 구덩이 속에 쓸어 넣고 흙으로 덮고 누웠다.

"하나는 네 것이다."

엽무백의 말은 그게 전부였다.

"이게 뭔데요?"

"내가 노숙할 때 쓰는 방법이다. 새벽까지는 따뜻하게 잘 수 있을 거야."

진자강은 엽무백이 했던 것과 똑같은 방법으로 숯으로 변한 모닥불을 구덩이에 넣고 흙을 덮은 다음 누웠다. 사방이 칠흑처럼 캄캄한 가운데 밤하늘의 별들이 숲을 따뜻하게 비추고 있었다.

"아저씨."

"왜?"

"고마워요."

"뭐가?"

"저를 구해주신 거요."

"나도 받을 거니까 고마워할 것 없어."

"제가 무얼 드릴 수 있는지 모르지만 목숨에 비하겠어요. 사는 동안 절대 잊지 않을 거예요."

침묵이 흘렀다.

풀벌레들의 합창 소리가 귓가를 간질였다.

"아저씨."

"또 왜?"

"코끼리 본 적 있으세요?"

엽무백은 뭔가 쎄 하는 느낌이 들었다.

왕거지의 무차별 수다 공격에서 겨우 벗어났는데 설마 신성 수다왕의 등장은 아니겠지?

"그런데요, 아저씨…… 웁!"

진자강은 뭔가에 주둥이를 얻어맞고는 발딱 일어나 앉았다. 자신의 주둥이를 때린 물건을 찾아 황급히 주위를 둘러보니 주먹만 한 야생 봉리(鳳梨:파인애플의 일종) 하나가 떨어져 있었다.

'밑도 끝도 없이 이게 하늘에서 왜 떨어졌지?'

진자강은 봉리를 주워 들고 하늘을 한 번 올려다보고 엽무백을 한 번 돌아보았다. 엽무백은 뒤돌아 누워 꿈쩍도 하지 않았다. 그새 잠이 들었는지 쌔근쌔근 숨소리까지 들렸다. 진자강은 도로 발라당 누워 이로 봉리 껍질을 까먹기 시작했다.

第九章 속았다

복주(福州)는 민강(閩江) 하구에 위치한 항구도시다. 이렇다 할 절경은 없지만 절강성(浙江省)의 항주(杭州)와 더불어 남동대양무역의 중추를 담당하는 대도시다.

엽무백이 복주에 도착한 것은 황벽도를 떠난 지 열흘째 되는 날 아침이었다. 강남의 도시답게 시가는 아침부터 사람들로 북적거렸다.

"혹여 생각이 바뀌거든 복주의 만리촉(万里燭)으로 와서 적 노인을 찾으시오."

화무강이 죽기 전 엽무백에게 전해주고 간 말이다. 한데 바로 이게 문제였다. 풀이해 보자면 만 리까지 비춘다는 뜻인데, 대체 무엇이 무엇을 비춘다는 건지, 그래서 그게 무얼 말하는 건지 도통 알 수가 없었다.

복주에는 도착했으나 이러지도 저러지도 못하고 대로 한복판에서 어정쩡하게 서 있는 상황이 이래서 발생했다.

"등대를 말하는 게 아닐까요?"

진자강이 물었다.

"적 노인이 등대지기라는 말이냐?"

엽무백이 말했다.

"금사도는 섬이고, 복주는 항구도시고, 딱 맞아떨어지잖아요."

"말도 안 돼."

"그럼 아저씨는 뭐라고 생각하세요?"

"알면 고민할 필요도 없겠지."

"제 말이 맞는다니까요. 우연치곤 이상하잖아요."

"그래도 등대지기라는 건 좀……."

모를 땐 물어보는 게 최고다.

엽무백은 후줄근한 서생 하나를 붙잡고 물었다.

"만리촉이라……. 들어본 것도 같고……."

서생은 손가락을 철전 모양으로 구부려 연신 턱수염을 쓸어댔다. 몇 푼 달라는 소리다. 엽무백과 진자강이 외지인인

걸 알고 수작을 부리는 것이다. 엽무백은 품속을 뒤져 철전 다섯 개를 꺼내 서생의 손에 쥐여주었다.

"어이쿠, 뭐 이런 걸."

서생이 잽싸게 철전을 낚아채고는 말을 이었다.

"이 길을 따라 동쪽으로 쭉 가시오."

"그게 끝이오?"

"아아, 혹여 찾지 못할까 하는 걱정일랑 붙들어 매시오. 마미항(馬尾港)에서 가장 높은 등을 내건 건물이니까. 낮이라 불은 안 밝혔으려나? 아무튼 워낙 큰 건물이니 봉사만 아니라면 보지 않으려고 해도 보일 것이오. 그럼 이만."

엽무백은 한순간 멍했다.

서생의 말로 미루어 보자면 등대가 확실한 것 같지 않은가. 진자강은 그런 엽무백을 바라보며 고개를 절레절레 흔들고는 걸음을 옮겼다.

"싸움은 잘하는 것 같은데 다른 건 영……."

"저 녀석이 뭐라는 거야."

엽무백도 걸음을 옮겼다.

사람과 우마차가 하나로 뒤섞여 끝도 없이 늘어진 길을 따라 반 시진쯤 걸었다. 어느 순간 검푸른 바다와 함께 집채만 한 배들이 열을 지어 정박한 항구가 나타났다. 과연 서생의 말처럼 커다란 건물이 하나 있었다.

만리촉(万里燭).

대문짝만 한 현판에 굵은 글씨가 용사비등하게 꿈틀거리고 있었다. 사 층에 달할 정도로 높다랗게 솟은 전각의 처마를 따라 붉은 등이 홍시처럼 주르르 달렸는데 그 수가 족히 백여 개는 되었다.

엽무백은 비로소 만리촉이라는 이름의 유래를 알 수 있었다. 밤에 저 등들이 일제히 불을 밝힌다면 만 리 밖 바다에서도 충분히 볼 수 있을 것 같았다.

사실상 등대의 역할을 하는 것이다.

하지만 진자강의 예상과 달리 만리촉은 등대가 아니었다. 붉은 등마다 선명하게 쓰여 있는 주(酒) 자가 그것을 말해주었다.

"술 파는 등대라……. 복주의 명물이로군."

엽무백이 진자강을 곁눈질하며 중얼거렸다.

진자강은 민망함에 뒤통수만 벅벅 긁었다.

엽무백은 피식 웃고는 주루로 들어갔다.

진자강이 벌게진 얼굴로 뒤를 따랐다.

외관의 위용이 범상치 않더라니 발을 들여놓는 순간부터 만리촉의 객실은 북새통이 따로 없었다. 족히 이백 평은 될 듯한 초대형의 공간에 수십 개의 탁자가 뿌려져 있고, 그 탁자마다 사람들이 바글바글 끓었다.

워낙 탁자가 많은 탓인지 분주히 오가는 점소이들도 저마다의 구역이 있는 것 같았다. 손님들의 위치에 따라 대답을 하며 달려가는 점소이들이 제각각이었기 때문이다.

그게 끝이 아니었다.

백여 명이나 되는 사람들이 한 장소에 모여 술을 마시는 진풍경은 계단으로 이어진 이, 삼층도 마찬가지인 것 같았다. 다만 사층은 손님들이 보이지 않는 것으로 보아 객방으로 쓰는 것 같았다.

"똥통에 구더기 끓는 것 같네요."

진자강이 말했다.

그 희한한 묘사법에 엽무백이 진자강을 돌아보았다. 진자강이 입을 귀밑까지 찢으며 말했다.

"말이 그렇다는 거죠."

그때 열예닐곱 살가량의 점소이가 팔목에 수건을 두른 채 달려와 물었다.

"예약을 하셨습니까?"

"아니다."

"따라오십시오."

점소이는 어리둥절한 엽무백과 진자강의 얼굴을 보고 한눈에 외지인이라는 걸 알아차린 게 틀림없었다.

그렇지 않고서야 하고많은 자리 중에 하필이면 계단 아래

우중충한 곳으로 안내했을 리가 없다.

"창가 쪽으로 주게."

"창가 쪽은 자리가 꽉 찼는뎁쇼."

"그럼 이층 창가 쪽으로 주게."

"이층도 창가 쪽은 이미 동이 났습죠."

"그럼 삼층 창가 쪽으로 주게."

"삼층은 비쌉죠. 특히 창가 쪽은."

"상관없다."

"……?"

점소이는 엽무백을 아래위로 뚫어지게 훑더니 한마디 덧붙였다.

"그리고 선불이고요."

"앞장서라."

점소이가 고개를 갸우뚱하고는 앞장섰다. 진자강이 엽무백의 소매를 끌어당겼다. 우리한테 그만한 돈이 어딨느냐는 뜻이다. 엽무백은 아랑곳하지 않고 점소이의 뒤를 따랐다.

계단을 따라 올라가면서 본 이층 역시 만원이었다. 하지만 일층보다는 한가했고, 삼층은 더 그랬다.

한가하다고는 하나 삼층 역시 족히 삼십 명은 될 듯한 사람들이 탁자 가득한 음식을 먹으며 담소를 나누고 있었다. 하나같이 비단옷으로 잘 차려입은 사람들이었다.

창가 쪽에 자리를 잡자 점소이가 물었다.

"뭐로 드릴깝쇼?"

"적 노인을 만나러 왔다."

"손님들 중에 말씀입니까요?"

점소이가 얼굴색 하나 변하지 않고 엉뚱한 소리를 했다. 시치미를 떼는 건지 정말로 모르는 건지 알 수가 없었다. 전자라면 노련한 것이고, 후자라면 엽무백은 오늘 바가지를 쓰게 될 것이다.

폭력을 쓸 게 아니라면 확인하는 길은 하나밖에 없었다. 엽무백이 철전 꾸러미를 탁자 위에 올려놓았다. 족히 쉰 냥은 될 듯한 돈이다.

"보시다시피 손님이 삼층까지 꽉 찼습죠. 탁자마다 돌아다니면서 적 씨 성을 쓰는 노인이 있느냐고 물으려면 이놈 무릎 나갑니다요."

엽무백이 철전 꾸러미 하나를 더 올려놓았다.

"손님은 왕인지라 설혹 무릎이 나가는 건 감안한다손 치더라도 지금은 도저히 바빠서 안 되겠습니다요. 죄송합니다, 손님."

점소이가 허리까지 깊숙이 숙이며 양해를 구했다. 엽무백은 품속을 뒤져 어금니만 한 금덩어리 한 개를 올려놓았다. 갱도에서 금을 캘 당시 빼돌려 둔 것이다. 어차피 승부를 보려면 결국 이놈을 내놓아야 할 거라고 생각했다.

아니나 다를까.

점소이의 눈동자가 미세하게 반짝였다. 점소이가 탁자로 손을 내뻗는 순간 엽무백이 놈의 손등을 덥석 덮었다.

"나머지는 음식값이다."

점소이는 잠시 눈을 씰룩했지만 이내 고개를 끄덕였다. 엽무백이 손을 떼자 점소이는 소매로 탁자를 쓸어 철전과 금덩어리를 잽싸게 갈무리했다. 이어 주문도 받지 않고 계단을 따라 내려가며 소리쳤다.

"여기 파양봉봉룡(鄱陽棒棒龍) 한 접시!"

점소이가 사라지고 난 뒤 진자강이 속삭였다.

"파양… 그게 뭐예요?"

"나도 몰라."

"아저씨도 안 먹어봤어요?"

"대륙의 음식은 수만 가지가 넘는다. 내가 언제 그걸 다 먹어봐."

"뭔지 모르지만 천리만리 떨어진 파양을 들먹이는 걸 보면 족보도 없는 이상한 음식을 먹으라고 가져올 거예요. 아저씨, 실수하신 거예요."

"밥 먹으러 온 거 아니니까 신경 꺼."

"그래도요. 금을 한 냥이나 줬잖아요. 그 돈이면 국수가 몇 그릇인데……."

별일도 아니고, 아직 사기를 맞은 것도 아닌데 진자강은 혼자서 열을 냈다. 불안감 때문이다. 낯선 세상으로 나와 적 노인을 만날 생각하니 어딘지 모르게 마음이 불안하고 초조한 것이다.

"흥분할 것 없다. 밀마(密嗎)일지도 모르니까."

진자강의 얼굴이 딱딱해졌다.

"강호에서 일어나는 일들은 작은 것 하나까지도 이유가 없는 것이 없다. 그 점을 항상 잊지 마라."

엽무백은 창밖으로 시선을 던졌다.

바다를 연한 대로는 분주히 오가는 사람들로 북적거렸다. 어느 대도시에서나 흔히 볼 수 있는 평온한 풍경이었다.

창가에 자리를 잡는 것은 그의 오래된 습관이었다. 그래야 바깥을 살피고 유사시 퇴로를 확보할 수 있다. 평온한 듯 보여도 지금은 아주 위험하고 중요한 순간이었다.

이상한 음식이 나올 거라는 진자강의 예상은 일단 적중했다. 손님이 많은 탓인지 무려 반 시진이나 기다려서 나온 음식을 보는 순간 욕이 절로 나왔다.

그 흔한 소채 한 점 없이 기름만 둥둥 떠다니는 접시 물에 홀딱 벗고 누운 닭을 보는 순간 엽무백과 진자강은 황당함에 할 말을 잃었다.

이건 그냥 닭을 물에 삶은 거다.

엽무백과 진자강이 동시에 떨떠름한 얼굴로 점소이를 바라보았다. 점소이가 죽엽청 한 병을 쓰윽 내려놓고는 탁자를 훔치는 척하면서 속삭였다.

"죽엽청을 비운 후 젓가락을 꽂아놓으십시오."

말을 끝낸 후 점소이는 아무 일 없었다는 듯 사라졌다. 말인즉슨, 젓가락을 꽂아놓고 기다리면 누군가 나타날 거라는 것이다. 곁에서 듣고 있던 진자강이 고개를 쭉 내밀고 속삭였다.

"이것도 밀마로군요."

"보면 알겠지."

"세상에, 금사도가 진짜 있을 줄이야."

점소이의 말을 적 노인이 실제로 존재하고, 적 노인이 존재함으로써 금사도도 존재한다는 것으로 받아들인 모양이다. 진자강은 신나게 닭고기를 뜯기 시작했다.

엽무백도 다리 하나를 뜯어 허기를 달랬다. 그 와중에도 기감을 활짝 열어 사방을 면밀히 살폈다.

일층에서부터 시작된 사람들의 말소리로 말미암아 만리촉 전체가 벌 떼처럼 웅웅거리고 있었다. 미루어 짐작하건대 만리촉은 복주에서 가장 큰 주루임이 틀림없다.

사람이 많은 탓인지 칼 찬 무림인들도 적지 않았다. 술과 무림인이 있는 곳에 꼭 빠지지 않는 것이 있다.

바로 싸움이다.

언제 누구로부터 시작되었는지 모를 싸움이 기름불처럼 번지더니 만리촉에서 고용한 무사들이 뛰어들자 곧 잠잠해졌다.

싸움이 붙은 자들은 하나같이 사납고 거친 분위기를 폴폴 풍기는 것이 흑도의 무인들이 틀림없었다.

당연한 일이었다.

백주에 칼을 차고 다닐 수 있는 자들은 매혼자들이나 흑도의 고수들밖에 없었으므로.

사연인즉슨 이렇다.

한 지방의 무인들은 대개 서로의 얼굴을 알고 있는 탓에 낯선 무인이 등장하면 금방 눈에 띄게 된다. 덕분에 객잔이나 주루에서 타 성의 무인들을 만나 호형호제하거나 아니면 싸우는 경우가 종종 있었다. 예전 같으면 이런 풍경이 지극히 자연스러웠을 것이다.

하지만 마도천하가 되고 난 후 이 모든 것이 바뀌었다. 낯선 무인들은 마교도들에게 표적이 되었다. 자신의 정체성, 즉 정도무림의 생존자가 아니라는 것을 증명할 수 없는 무인들은 언제부턴가 병기를 소지하지 않았다.

그런 와중에도 병기를 소지하는 자들은 있었다.

흑도의 무리가 특히 그랬다.

세상에 완벽한 왼쪽, 혹은 오른쪽이란 없는 법이다. 백도무림의 시절에도 흑도는 존재했고, 마교가 정도무림을 상대로 전쟁을 벌일 때도 흑도만큼은 정면으로 공격하지 않았다. 마도를 불구대천의 원수처럼 여기는 정도인들과는 달리 흑도인들은 그들의 밥그릇을 빼앗기는 것이 아닌 이상 세상이 어떻게 돌아가는지 관심이 없었다. 바로 그런 정체성이 역설적이게도 그들을 살렸다.

마교의 입장에서 흑도는 죽여도 죽여도 다시 기어나오는 바퀴벌레와도 같았다. 박멸할 수 없다면 그들의 정체성을 인정해 주고 영향력 아래에 두는 것이 나았다. 해서 마교는 흑도 방파를 두고 보는 대신 더러운 일이 있을 때 그들을 시켰다.

그런 이유로 당금 무림에서 칼을 차고 다니는 자들은 마교의 무인이거나 매혼자, 그리고 흑도의 무인 중 하나였다.

하지만 세상에 무인이 어디 세 종류뿐이던가. 언제부턴가 몸에 숨길 수 있는 병기, 이를테면 암기라든가 삭사, 단검, 비수 등을 수련하고 휴대하는 자들이 속속 생겨나기 시작했다.

특히 단도나 단검은 소매나 품속에 숨기기에 좋았다. 그래서 팔 한 마디의 길이, 혹은 정강이 길이의 단검류가 암중에서 은밀히 유행했다.

마도천하가 무림의 풍속까지 바꾼 것이다.

닭다리 하나를 깨끗하게 발라먹은 엽무백은 점소이가 가져다준 죽엽청을 술잔에 채워놓은 후 허공을 향해 일장을 뻗었다.

고기 냄새를 맡고 아까부터 윙윙거리던 파리가 손안에 잡혔다. 엽무백은 파리를 산 채로 술잔에 툭 떨어뜨렸다. 술에 빠진 파리가 죽겠다고 허우적거렸다.

"지금 뭐 하시는 거예요?"

진자강이 눈을 동그랗게 뜨고 물었다.

"강호에선 여자와 어린아이를 조심하라는 말이 있지. 나는 거기다 하나를 덧붙이고 싶다. 술과 음식을 조심하라. 특히 술을."

이것 역시 오래된 습관이었다.

음식과 달리 술과 물은 독을 감추기에 좋았다. 바깥에서 술과 물을 마실 땐 항상 이런 식으로 검독(檢毒)을 하는 게 오래 사는 데 여러모로 좋았다. 사실상 검을 놓고 산 지 삼 년이 지났지만 뼛속까지 스며든 습관은 좀처럼 고쳐지질 않았다.

그런데 그 습관이 목숨을 살렸다.

발버둥치던 파리가 갑자기 움직임을 멈춘 것이다. 순식간의 일이다. 진자강의 눈동자가 튀어나올 듯 커졌다.

"독……!"

엽무백은 재빨리 창밖으로 시선을 던졌다.

분주히 오가는 행인들 틈에 정체를 알 수 없는 칼잡이들이 섞여 있다. 그들은 순식간에 객점을 중심으로 방위를 점하기 시작했다. 대략 십여 명. 숫자는 계속해서 늘어나고 있었다. 뒤늦게 창밖에서 벌어지는 풍경을 발견한 진자강의 얼굴이 하얗게 질렸다.

"아저씨……!"

진자강이 목소리를 쥐어짰다.

"싸움이 벌어지면 내 뒤로 숨어라."

엽무백은 대수롭지 않게 말을 한 후 술이 그대로 남은 호리병에 젓가락을 탁 꽂아놓았다. 잠시 후, 계단을 올라오는 발걸음 소리가 들렸다.

'열 명……'

무인은 발걸음이 많은 것을 말해준다.

당당한 걸음, 일정한 속도, 그러면서도 묵직하게 울리는 진동. 하나같이 출중한 기도를 지닌 고수들이다.

잠시 후, 십 인의 무인이 모습을 드러냈다.

청의 무복을 입고 한 손에는 용두장검을 들었는데 역시나 강력한 기도를 발산했다. 넓은 삼층 객실이 한순간에 따가운 살기로 가득 차버렸다.

"으아앙!"

갑자기 터진 아이의 울음소리.

아무것도 모른 채 식사를 하고 있던 손님들이 뒤늦게 무인들을 발견하고는 표정이 굳어졌다. 십 인의 무인 중 하나가 좌중을 쓸어보며 말했다.

"오늘 장사는 끝났소."

놀란 사람들이 음식을 먹다 말고 우르르 계단을 내려갔다. 삼층 객실엔 순식간에 엽무백과 진자강, 그리고 십 인의 청의무사만 남게 되었다. 청의무사 중 하나가 탁자 위에 놓인 호리병이 빈 것을 확인하고는 씨익 웃었다.

십여 명은 자연스러운 동작으로 거리를 벌리더니 엽무백을 중심으로 반원을 그리며 섰다. 퇴로를 차단하는 것이다. 이어 이십 줄의 청년 하나가 앞으로 나왔다. 움푹 들어간 동공이 음험한 인상을 주는 자였다.

"적 노인을 찾는다고?"

"……"

"아마도 금사도로 가는 길을 알고 싶어서겠지?"

"……"

"큭큭, 재밌군. 아직까지 금사도의 존재를 믿는 자가 있다니. 하긴 가끔 적 노인을 찾는 자가 나타나긴 했지. 일 년 전엔 갓난아이까지 강보에 싸서 온 자들이 있었지. 알고 보니 심산에 숨어 있던 종리가(鍾里家)의 식솔들이 가주의 일점혈육을 데리고 금사도로 가는 길이었더군."

"……"

"아, 물론 모두 죽었지. 저기 아래에서."

말과 함께 사내가 손가락으로 바닥을 가리켰다.

일층에서 죽였다는 뜻이다.

"적 노인이 아니라면 꺼져."

엽무백이 서늘하게 경고했다.

"큭큭큭, 제법 한 수가 있다 이거지? 좋아, 좋아. 싸움은 나중에 하기로 하고 우선 대화나 좀 하자고. 무려 반년 만에 살인을 하는 거라서 내가 지금 좀 흥분해 있거든. 이 기분, 조금만 더 누리고 싶은데, 협조해 줄 거지? 혹시 알아? 대화를 하다 보면 내가 너희를 불쌍히 여겨 한 가닥 살길을 마련해 줄는지?"

사내는 의자를 끌어다 등받이 사이로 다리를 좍 벌리고 앉았다. 단순한 호기가 아니었다. 만약의 경우를 대비해 등받이를 일부러 엽무백 쪽으로 향하게 한 것이다.

치밀한 자였다.

"자, 이제 너와 저 꼬마의 이름부터 들어볼까?"

사내가 슬쩍 진자강에게로 시선을 돌렸다. 진자강은 비수라도 날아오는 듯한 충격에 움찔 놀랐다. 그 모습이 재밌는지 사내가 낄낄 웃더니 다시 엽무백을 돌아보며 말했다.

"이름이 뭐냐니까? 혹시 알아? 네 이름만 듣고도 내가 깜짝 놀라 줄행랑을 칠지?"

"이름을 묻는 이유가 있을 것 같군."

"네놈들 목에 현상금이 걸려 있다는 건 알지? 오대세가의 방계 혈족만 되어줘도 산 채로 잡았을 경우 두당 십만 냥은 너끈히 받을 수 있는데 말이야. 아, 그렇다고 해도 나는 죽일 거지만."

"적 노인은 가상의 인물인가?"

"크크크."

사내가 고개를 숙이고 낄낄거렸다.

뒤에 시립해 있던 아홉 명의 무사도 덩달아 낄낄거렸다. 진자강은 어리둥절한 눈으로 그들을 바라보았다. 당최 왜 웃는지 이유를 몰랐기 때문이다. 사내가 슬그머니 고개를 들고 말했다.

"적 노인은 실제로 존재한다."

"……?"

"이곳 만리촉의 가장 늙은 점소이가 바로 적 성을 쓰지. 우리가 심어놓은 끄나풀이라는 게 다르지만 말이야."

"왜 그런 헛소문을 퍼뜨렸지?"

"지금 상황을 보고도 몰라?"

"이름이 뭔가?"

질문이 뜻밖이었는지 사내가 고개를 갸우뚱했다.

"그건 왜 묻지?"

"통성명을 하려면 자신의 이름부터 밝혀야지. 흑도 놈들이라 그런지 버르장머리가 없군."

사내의 뒤에 시립해 있던 이들이 발끈해서 도파를 잡아갔다. 사내가 한 손을 들어 그들을 제지한 후 실실 웃으며 말했다.

"임정도. 매혈방(賣血幇)의 소방주지."

매혈방은 성도 복주를 중심으로 복건성의 동남해안을 장악한 흑도 방파였다. 십여 년 전만 해도 작은 흑도 방파에 불과했던 매혈방을 오늘의 반석 위에 올려놓은 이는 오 년 전 느닷없이 등장한 임호군이라는 고수였다.

그는 저마다 패자를 자처하며 동남해안에 퍼져 있던 열일곱 개 흑도 방파를 불과 일 년 만에 평정했다. 힘이 모든 것에 우선한다는 흑도의 철칙답게 살아남은 자들은 모두 무릎을 꿇고 매혈방의 식구가 되었다.

임정도는 바로 그 임호군의 아들이었다.

흑도 방파의 소공자답게 온갖 패악질을 저지르고 다녔는데 그 악명이 엽무백의 귀에 들어올 정도로 자자했다.

"혈안룡(穴眼龍)이 너였군."

혈안룡, 동굴처럼 깊이 들어간 눈의 용이라는 뜻이다. 임정도가 눈을 동그랗게 뜨고 물었다.

"나를 알아?"

"복건에 눈 꺼진 이무기가 한 마리 산다는 얘기는 들었지."

"……!"

임정도의 얼굴이 딱딱하게 굳었다.

그가 이렇게 정색을 하는 데는 이유가 있다.

별호에 용(龍) 자가 붙긴 했지만 그건 매혈방의 위세를 두려워한 사람들이 마지못해 부르는 별호다. 당사자가 없는 곳에선 다들 혈안망(穴眼蟒), 즉 눈 꺼진 이무기라고 불렀다.

"아쉽군. 좀 더 이야기를 하고 싶었는데."

말과 함께 임정도가 쓰윽 몸을 일으켰다.

일어나는 동작 그대로 의자를 발로 툭 차서 밀었다. 그것을 신호로 좌방에 서 있던 한 놈이 칼을 뽑아 달려들었다.

그 순간 탁자 위에 있던 호리병이 놈의 면상을 향해 무서운 속도로 날아갔다. 깜짝 놀란 놈이 칼을 휘둘러 호리병을 쳐냈다.

파앙!

호리병이 깨지면서 술과 파편이 사방으로 날아갔다. 뒤늦게 엽무백이 술을 마시지 않았음을 깨달은 임정도의 얼굴이 딱딱하게 굳었다.

그때쯤에 엽무백이 탁자를 뒤집어엎고 있었다.

우당탕탕!

육중한 힘을 견디지 못한 탁자가 맹렬하게 회전하며 적들을 향해 날아갔다. 임정도가 벼락처럼 칼을 뽑아 탁자를 두 동강 냈다.

콰앙!

그 순간, 탁자를 타고 넘어선 엽무백의 오른발이 수평으로 허공을 갈랐다.

빡!

둔중한 격타음과 함께 임정도의 고개가 팩 돌아갔다. 그 찰나의 순간에도 임정도는 칼을 꺾어 엽무백을 향해 깊숙이 찔렀다.

상당한 수준의 임기응변.

하지만 엽무백은 칼을 두 다리 사이에 끼우고 살짝 몸을 비틀어 버렸다. 땅! 소리와 함께 넉 자에 달하던 용두장도가 반 토막 나버렸다.

그게 끝이 아니었다.

임정도의 손목을 후려 차 반 토막 난 칼을 공중으로 띄운 엽무백은 다시 한 번 칼을 차서 멀리 날려 버렸다. 그리고 이어지는 격타음.

뻑!

안면에 정통으로 일격을 허용한 임정도가 비칠비칠 물러났다. 그때 등 뒤에서 살기가 느껴졌다. 엽무백은 질풍처럼 돌아서는 한편 소매 속에 감춰둔 단검을 뽑아 놈의 가슴을 찍었다. 동시에 칼을 아래로 쭉 그었다.

푹! 부우욱!

"으아악!"

찢어지는 비명과 함께 놈의 배가 쩍 갈라졌다.

복잡하게 뒤엉킨 내장이 주르륵 흘러내렸다. 사색이 된 놈은 흘러내리는 내장과 함께 풀썩 쓰러졌다. 그사이 엽무백은 상체를 착 가라앉히며 뒤에서 달려드는 놈을 가랑이부터 가슴까지 그어버렸다.

"흐어억!"

비명과 함께 놈이 피를 뿌리며 물러났다.

용수철처럼 튀어 오른 엽무백은 우방의 두 놈을 향해 칼을 수평으로 그었다. 목에 한칼을 맞은 놈들이 물러나며 피를 사방으로 뿌려댔다.

"으악!"

"끄악!"

비명이 연달아 울릴 때쯤 엽무백은 여섯 번째 적의 정수리에 단검을 박아 넣고 일곱 번째 적의 심장을 쑤셨다.

뻑! 푹!

"웁!"

"끄아아!"

여덟 번째와 아홉 번째 적은 쉬웠다.

동료들에게 양보하느라 선공의 기회를 놓친 두 명은 뭔가 크게 잘못되었다는 걸 깨닫고 몸을 돌려 도주했다. 그들이 막 계단을 통해 빠져나가려는 순간,

쉑! 퍼퍽!

짧은 파공성과 함께 두 명이 급살이라도 맞은 것처럼 엎어졌다. 뒤통수에는 대나무 젓가락이 손가락 한 마디 정도만 남겨둔 채 깊숙이 박혀 있었다. 엽무백이 눈 깜짝할 사이에 투골저를 출수한 것이다.

아홉 명의 적이 쓰러지는 데 걸린 시간은 불과 한 호흡, 그 짧은 시간 동안 임정도가 본 것이라곤 좌중을 귀신처럼 휘젓고 다니는 그림자가 전부였다.

그리고 나타는 살인의 현장. 그것은 너무나 참담하고 잔인했다. 어떤 놈은 배가 갈라지고, 어떤 놈은 목이 터졌으며, 어떤 놈은 두개골에 구멍이 뚫렸다.

이 무슨 말도 안 되는 상황이란 말인가.

임정도는 등이 축축하게 젖어드는 것을 느꼈다.

엽무백은 뜨거운 피가 뚝뚝 떨어지는 단검을 아래로 늘어뜨린 후 임정도를 향해 걸어갔다.

저벅, 저벅, 저벅……

뒷걸음질을 치던 임정도가 의자에 걸려 엉덩방아를 찧었다. 평소라면 상상조차 할 수 없는 실수. 엽무백의 잔인함과 흉포함에 압도당한 것이다.

하얗게 질린 임정도는 만신창이가 된 얼굴로 엉덩이걸음을 치며 물러났다. 하지만 그마저도 탁자 다리에 걸려 물러날 수 없게 되자 갑자기 머리를 조아리기 시작했다.

"사, 살려주십시오. 이 미천한 것이 고인을 몰라뵙고……"

전의를 상실한 임정도는 체면이고 뭐고 없었다.

엽무백은 왼손으로 임정도의 멱살을 쥐고 번쩍 들어 올렸다. 그 순간 아래로 늘어뜨린 임정도의 손에서 비수가 번쩍이며 엽무백의 옆구리를 찔러왔다.

비수는 반 촌쯤 박힌 상태에서 우뚝 멈췄다. 엽무백의 오른손이 단검을 버리고 어느새 놈의 팔뚝을 틀어쥐었기 때문이다.

그때부턴 힘과 힘, 내력과 내력의 대결이다.

하지만 그건 애초에 대결이 될 수 없었다.

엽무백은 괴력을 발휘, 비수를 쥔 임정도의 팔을 꺾어 놈의 옆구리를 향했다. 임정도는 재빨리 비수를 옮겨 쥐려 했지만 엽무백이 비수를 쥔 왼손을 주먹째 꽉 쥐어버렸기 때문에 소용이 없었다.

임정도는 이제 비수를 쥔 자신의 손목을 붙잡고 조금이라도 떼어내려 안간힘을 썼다. 하지만 비수는 점점 옆구리를 향해 다가왔다.

"제, 제발 사, 살려주십…… 흐억!"

비수기 천천히 임정도의 옆구리를 파고들었다.

내장이 끊어지는 고통에 임정도의 입에서 헛바람이 새어나왔다. 비수가 손잡이를 제외하고 모두 박혔을 때는 사지가 축 늘어지고 말았다.

그때쯤엔 매혈방의 무사들이 비명을 듣고 계단을 우르르 올라왔다. 삼층 객실이 순식간에 매혈방의 무사들로 꽉 차버렸다. 그들은 바닥에 쓰러진 동료들과 홍건한 피를 보면서 경악을 금치 못했다.

비명이 들리기 시작한 것은 아주 잠깐에 불과했다. 그사이에 매혈방의 고수 아홉이 시체로 변할 수는 없는 노릇이었다. 게다가 배가 갈라지고, 목이 벌어지고, 두개골이 뚫린 채 죽은 저 처참한 몰골들이란…….

"소공자, 괜찮으십니까?"

누군가 빽 소리를 질렀다.

하지만 임정도는 말을 할 수 있는 상태가 아니었다. 그의 옆구리에서 피가 퐁퐁 뿜어져 나오는 걸 본 매혈방 무사들의 얼굴이 하얗게 질렸다.

엽무백은 임정도의 머리카락을 쌀자루처럼 틀어쥔 채 매혈방의 무사들을 향해 경고했다.

"비켜."

아무도 비켜서지 않았다.

엽무백은 일말의 주저함도 없이 임정도의 등을 사정없이 찍었다.

퍽!

"끄으……!"

단검이 쑤시고 들어오는 충격에 임정도의 등이 활처럼 휘어졌다. 하지만 그것도 잠시, 이내 축 늘어져 버렸다. 연이은 검상과 죽음에 대한 공포로 까무러친 것이다.

"비켜."

다시 이어지는 서늘한 목소리.

일말의 망설임도, 한 점의 흔들림도 없는 엽무백의 태도에 매혈방의 무사들은 안색이 창백해졌다.

"물러나라."

누군가의 명령을 시작으로 사람들이 하나둘씩 물러나기 시작했다. 엽무백은 저만치 구석에 서서 눈을 동그랗게 뜨고 있는 진자강을 돌아보며 말했다.

"가자."

진자강이 후다닥 뛰어와 엽무백의 엉덩이에 붙었다. 애써 굳건한 척하는 얼굴과 달리 다리가 달달 떨리는 것으로 보아 어지간히 겁을 집어먹은 모양이다.

엽무백은 실신한 임정도를 끌며 스스럼없이 걸어갔다. 매혈방의 무사들은 감히 덤벼들지 못하고 뒷걸음질을 치기 바빴다.

계단을 내려가는 동안 축 늘어진 임정도의 사지가 모서리에 걸리넌서 팅딩 소리가 났지만 엽무백은 신경도 쓰지 않았다. 마치 시체를 끌고 내려가는 것처럼 태연했다.

그 모습에 매혈방의 무사들은 안달이 났다.

엽무백이 마침내 일층에 내려왔을 때는 적지 않은 무인들이 도검을 뽑아 들고 포진해 있었다. 객잔을 둘러싸고 있던 자들 중 상당수가 안으로 진입한 모양이다.

개돼지처럼 끌려 내려온 임정도를 보며 매혈방의 무사들은 얼굴이 썩어 문드러졌다. 금방이라도 엽무백과 진자강을 향해 칼을 휘두를 것처럼 으르렁거렸다.

엽무백은 눈 하나 깜짝 않고 적들이 막아선 문을 향해 걸음을 옮겼다. 그때 진자강이 엽무백을 불러 세웠다.

"잠깐만요."

엽무백이 걸음을 멈추고 뒤를 돌아봤다.

진자강은 물러난 사람들 틈에 섞여 있는 한 소년을 노려보고 있었다. 점소이였다. 진자강과 눈을 마주친 점소이의 얼굴이 하얗게 질렸다.

"너!"

진자강이 손가락으로 찌를 듯이 가리켰다.

점소이가 움찔 놀라더니 손가락으로 자신의 가슴을 가리켰다.

"저, 저 말씀이십니까?"

"그래, 너. 이리 와봐."

점소이가 주변의 눈치를 살피며 쭈뼛쭈뼛 다가왔다. 그 순간 진자강이 메뚜기처럼 튀어 오르더니 좌권을 뻗어 놈의 턱주가리를 날려 버렸다. 빡 소리와 함께 점소이가 바닥에 나동그라졌다.

머리 하나는 더 큰 덩치를 때려눕힌 진자강은 품속을 뒤져 전낭을 찾아내고는 엽무백을 향해 흔들어 보였다.

'미친놈……'

엽무백은 다시 임정도를 끌고 문을 향해 걸어갔다. 우르르 몰려 있던 매혈방의 무사들이 뒷걸음질을 쳤다. 문이 열리고 바깥으로 나가자 족히 수백 명은 될 법한 구경꾼들이 몰려와 있었다.

소란을 듣고 객실을 빠져나갔던 사람들과 길 가던 사람들이 죄다 모여 구경을 하고 있었던 것이다. 당연한 일이었다. 세상에 재밌는 것이 불구경, 싸움 구경인데 그걸 놓칠 리가 없었다.

'쓸데없이 얼굴만 팔았군.'

좌우를 둘러보던 엽무백의 눈에 한 사람이 들어왔다. 칼날처럼 번뜩이는 눈동자에 제비꼬리 같은 수염을 길게 기른 장년인이었다. 삼층에서 창밖을 살필 적에 무사들의 위치를 지시하던 우두머리였다.

"이름이 뭔가?"

"벽호당(壁虎党) 당주 조일청이오."

"조 당주, 마차를 준비하시오."

"소공자를 먼저 넘기시오."

"나는 참을성이 많지 않다."

그때였다.

등 뒤에서 살기가 느껴진다 싶은 순간 엽무백은 한 걸음을 살짝 옆으로 옮겨 디뎠다. 묵직한 속도로 떨어지던 칼이 엽무백의 옆구리를 따라 흘러내려 갔다. 엽무백이 단검을 쥔 우수를 뻗은 것도 동시였다.

푹!

"커헉!"

육 척 장신의 거한이 심장에 단검을 박은 채 눈까풀을 파르르 떨었다. 덩치가 예사롭지 않더라니 쓰러지는 것도 요란했다.

털썩 하는 소리와 함께 먼지가 뿌옇게 솟아올랐다. 엽무백이 고개를 꺾어 좌중을 사납게 쓸어보았다. 동료가 시간을 벌어주는 틈을 타 기습을 가하려던 대여섯 명의 무인이 칼만 치켜든 채 그대로 멈춰 버렸다. 엽무백의 반격이 너무나 빨라 미처 공격을 할 틈조차 없었던 것이다.

그때 느닷없이 이어지는 엽무백의 돌발 행동.

푹푹푹!

실신한 임정도의 허벅지에 연달아 세 방을 찔러 넣은 엽무백은 다시 한 번 장내를 쓸어보며 말했다.

"다시는 나를 시험하지 마라."

"빨리 마차를 준비해라!"

조일청의 입에서 일갈이 터져 나왔다.

칼을 뽑아 든 무사 몇 명이 사람들을 가르며 나아가더니 길가에 서 있던 마차 하나를 강탈해 왔다. 수백 명의 사람이 대로를 막고 선 탓에 오도 가도 못하고 서 있던 마차다.

엽무백이 진자강을 돌아보며 말했다.

"타라."

진자강이 잽싸게 마부석으로 올라갔다.

엽무백은 사방을 노려보고는 나직하고도 단호한 어조로 말했다.

"따라오면 혈안룡은 죽는다."

엽무백은 마차 문을 연 다음 혈안룡을 던져 넣고 자신도 몸을 집어넣었다. 그리고 문을 쾅 소리가 나도록 닫으며 소리쳤다.

"가자!"

"끼랴!"

진자강이 힘차게 채찍을 휘둘렀다.

두 마리의 말이 크게 울부짖고는 질풍처럼 달리기 시작했다. 그 기세에 놀란 사람들이 저마다 물러나기 바빴다.

조일청은 멀어지는 마차를 보며 수염을 부르르 떨었다. 영악한 놈이다. 마차 안에 있으면 혈안룡의 생사를 확인할 수가 없다. 놈은 그걸 알고 일부러 마차를 요구한 것이다.

무사 하나가 다가와 비분강개한 어조로 말했다.

"당장 추격해야 하지 않겠습니까?"

"놈은 정말로 소공자를 죽일 것이다."

"놈을 잡지 못하면 우리의 목이 달아날 것입니다."

혈안룡은 방주 임호군의 유일한 핏줄이다.

냉정하고 잔인한 임호군의 성정을 고려해 볼 때 혈안룡을 지키지 못한 것에 대해 분명 무거운 책임을 물을 것이다.

그건 절대로 피할 수 없다.

여기서 만약 혈안룡을 구하지도 못하고 흉수를 잡지도 못한다면 그 책임은 죽음이 될 것이다. 우선은 혈안룡을 구출하는 것이고, 만약 실패할 경우 반드시 흉수를 잡아야 한다. 여기에 조일청의 고민이 있었다.

"경공이 뛰어난 놈 스물을 골라 보이지 않는 곳에서 마차를 추격하게 하라. 나머지는 말을 타고 뒤를 따른다. 일각이 지나도 놈이 혈안룡을 내놓지 않으면 죽은 것으로 간주, 내 명령 없이도 공격을 시작한다. 서둘러라!"

"존명!"

第十章　사신왕(四神王)

겁에 질린 진자강이 닥치는 대로 채찍을 휘두르는 바람에 두 마리 말은 미친 듯이 달렸다. 그러다 어느 순간 진자강의 통제를 벗어나 버렸다. 마차는 눈 깜짝할 사이에 항구를 벗어나더니 행인들을 위협하며 도심 한복판을 가로질렀다.

"꺄아악!"

"으아악!"

놀란 사람들이 비명을 지르며 물러났다.

길가에 늘어져 있던 좌판들이 마차 바퀴에 치여 데굴데굴 굴렀다. 그럴 때마다 행상들이 차마 입에 담지도 못할 욕설을 퍼부어댔다.

곤란하기는 마차에 탄 사람도 마찬가지였다. 돌부리에 걸
릴 때마다 마차가 부서질 듯 비명을 질러댔다.

"동쪽 해안가로 달려!"

엽무백이 마차 안에서 소리쳤다.

"이것들이 미쳤는지 말을 듣지 않아요!"

"고삐를 천천히 잡아당겨!"

"고삐는 아까부터 잡아당기고 있어요!"

엽무백이 문을 발로 뻥 찼다.

문짝이 폭발하듯 떨어져 나갔다. 엽무백은 한 손으로 위쪽
문틀을 잡은 다음 상체를 바깥으로 내밀어 앞을 살폈다.

"고삐가 꼬였잖아!"

"으에?"

진자강이 고개를 뒤로 꺾었다.

"앞을 봐!"

엽무백이 버럭 소리를 질렀다.

움찔 놀란 진자강이 재빨리 고개를 돌렸다.

"마차를 몰 줄은 알아?"

"알 리가 없잖아요!"

"그런데 왜 아는 척했어?"

"그 상황에서 그럼 어떡해요!"

"……!"

그 순간 커다란 돌부리에 걸리면서 마차가 널을 뛰었다. 진

자강이 허공으로 한 자나 솟구쳤다가 다시 마부석에 떨어졌다. 엉덩이가 짜르르 울리는지 끕 하며 비명을 질렀다.

"멍청한 놈."

엽무백은 다시 마차 안으로 몸을 넣었다.

혈안룡의 목에 손가락을 짚어보니 맥이 뛰질 않았다. 죽어버린 것이다. 옆구리와 등에 연달아 칼침을 맞은 데다 허벅지에까지 구멍이 세 개나 뚫렸으니 죽지 않은 게 이상했다.

'약해빠진 놈.'

부서져 나간 문 사이로 사방을 살펴보니 즐비한 전각의 지붕을 따라 시커먼 그림자들이 나는 듯 달리고 있었다.

그러다 어느 순간 좌우에서 선두를 달리던 두 놈이 마차를 향해 신형을 던졌다. 혈안룡이 죽었다고 판단하고는 공격을 시작하려는 것이다.

엽무백은 문짝의 위쪽 틀을 잡은 뒤 바깥으로 하체를 던졌다. 강풍이 훅 불어와 몸을 뒤로 날려 보냈다. 그 반동을 이용해 자연스럽게 허공으로 떠오른 엽무백은 반 바퀴를 돌아 천장 위로 가볍게 떨어져 내렸다. 착지와 동시에 좌우방을 향해 양손을 뿌렸다.

쑤쉑! 퍼퍽!

칼을 뽑아 든 채 마차의 지붕 위로 막 떨어지려던 두 놈이 투골저를 맞고는 살 맞은 새처럼 떨어졌다. 길가에 나동그라지는 시체를 보며 행인들이 또다시 비명을 질렀다.

엽무백은 달리는 마차의 지붕에 태연히 서서 사방을 살폈다. 그때쯤 또 다른 적들이 날아들었다. 박쥐처럼 사지를 쫙 펼치고 비상하는 솜씨가 예사롭지 않았다.

필시 매혈방 내에서도 상당한 무공을 지닌 자들일 것이다. 엽무백은 매혈방의 저력을 다시 보았다. 하지만 결과는 달라지지 않았다.

쒜애애애액! 퍼퍼퍼퍽!

투골저 몇 대가 다시 날았고, 여지없이 네 명이 추락했다. 연달아 여섯 명의 적을 떨어뜨렸지만 적은 줄어들지 않았다. 지붕과 지붕 사이를 메뚜기처럼 뛰어다니는 그림자들이 점점 많아지더니 순식간에 십여 명으로 늘어났다.

그때 진자강이 비명을 질렀다.

"비켜! 비켜! 비켜!"

엽무백이 고개를 돌려보니 마차가 달리는 앞쪽 대로에 대여섯 살 난 여자아이 하나가 울음보를 터뜨리고 있었다.

놀란 행인들이 고함을 질러댔지만 누구 하나 나서서 구하려는 사람이 없었다. 그러기엔 마차의 속도가 너무 빨랐고, 여자아이와의 간격은 또 짧았다.

그 순간 매혈방의 무사 두 명이 좌우의 전각 지붕 위에서 바짝 따라붙었다. 호시탐탐 마차로 뛰어들 기회를 엿보고 있었다.

여자아이를 구하는 순간 놈들이 마차로 뛰어들 것이다. 그렇게 되면 진자강을 잃게 된다. 하지만 진자강을 지키자고 죄 없는 아이를 희생시킬 수도 없었다. 그야말로 진퇴양난.

방법은 하나밖에 없었다.

여자아이를 구하는 동안 진자강이 버텨주길 바라는 수밖에. 엽무백은 고민을 끝내고 도약을 위해 상체를 낮추었다.

그때였다.

행인들 틈에 섞여 있던 여자 하나가 벼락처럼 대로를 가로질렀다. 말발굽에 짓밟히기 직전 여자는 아이를 안고 바닥을 굴렀다.

말발굽이 여자의 등을 아슬아슬하게 지나쳤다.

"와아아!"

행인들이 환호성을 질렀다.

엽무백은 고개를 돌리며 멀어지는 여자와 아이를 바라보았다. 여자 역시 울고 있는 아이를 꼭 안은 채 엽무백을 바라보고 있었다.

두 사람의 시선이 허공에서 부딪쳤다.

"……!"

"……!"

어느 순간 여자가 뒤를 돌아보더니 매혈방의 무사들이 달려오는 것을 발견하고는 골목으로 쏙 사라져 버렸다.

'무인?'

그 순간 두 명의 무사가 마차의 지붕 위로 벼락처럼 떨어져 내렸다. 시퍼런 칼 두 자루가 엽무백의 신형을 갈라왔다.

엽무백은 왼발을 가볍게 뒤로 빼면서 좌방에서 떨어지는 검을 피했다. 동시에 단검으로 후방에 있던 놈의 뒷덜미를 찍은 다음 재우쳐 검을 휘둘러 오른쪽 놈의 가슴을 찍었다.

푸푹!

그건 그야말로 찰나의 순간에 이어진 두 개의 동작이었다.

"컥!"

"헉!"

짧은 비명과 함께 두 명의 무사가 엎어졌다.

즉사였다.

엽무백은 쓰러진 두 놈의 목을 뎅겅 잘랐다. 이어 머리카락으로 수급 두 개를 하나로 묶은 다음 허리춤에 차고는 남은 시체를 바깥으로 차버렸다.

마차의 지붕 위에서 벌어지는 이 섬뜩한 광경에 행인들이 입을 가리며 비명을 질러댔다. 사람을 죽이는 수법이나 죽은 사람의 수급을 잘라 허리춤에 매다는 모습이 섬뜩하기 짝이 없었기 때문이다.

그때쯤 마차는 동쪽 해안가로 접어들고 있었다. 말이 본능적으로 질주하기 좋은 대로를 따라 달리다 보니 자연스럽게 방향을 그리 잡은 것이다.

머지않아 바다가 나타났다.

해안 절벽을 따라 난 외길인 탓에 양쪽에서 달리던 무인들은 어느새 사라지고 없었다. 하지만 엽무백은 마차 바퀴가 일으키는 뿌연 먼지 너머로 수십 명의 무인이 말을 탄 채 달려오고 있다는 걸 알고 있었다.

'됐어.'

진자강은 뒤에서 무슨 일이 벌어지는지도 모른 채 고삐 네 가닥을 죽어라 쥐고 있었다. 바퀴가 자갈을 갈고 지나갈 때마다 마차가 부서질 듯 출렁거렸다.

그때마다 진자강의 몸통도 덩달아 널을 뛰었다. 등골이 짜르르 울리는지 욱욱 소리를 연달아 냈지만 뒤를 돌아볼 엄두조차 내지 못했다.

잔뜩 얼어붙은 등짝을 보고 있자니 조금은 측은하다는 생각도 들었다. 엽무백은 진자강의 뒷덜미를 집어 쑥 들어 올렸다.

"어어……!"

엽무백은 그대로 진자강을 등에 업고는 놈의 두 다리를 앞에서 꼬아 배를 압박하고 양팔은 목을 꽉 움켜쥐도록 했다.

"뭐, 뭐 하시려고요?"

"살고 싶으면 꽉 잡아라."

말과 함께 엽무백은 달리는 마차의 천장 가장자리에 섰다. 까마득한 절벽 아래로 굉음을 내며 부서지는 파도와 그 파도 사이로 뾰족뾰족하게 솟은 암초들이 보였다. 주인을 잃은 말은 마차가 어찌 되는 줄도 모르고 앞만 보고 광란의 질주를 하는 중이었다.

"아, 아저씨, 이건 조, 좋은 생각이 아니…… 우어어어억!"

두 사람의 몸이 가공할 속도로 떨어졌다.

두 줄기의 머리카락이 하늘을 향해 치솟았다.

자신의 몸이 허공에 떠 있다는 걸 인지하는 순간 진자강은 몸서리를 쳤다. 추락은 인간의 근원적인 공포를 자극하는 그 무엇이었다.

근원적인 공포에 반응하는 것이 본능이다.

진자강은 엽무백의 허리와 목을 끊어져라 조였다. 그러던 어느 순간 엽무백이 단검을 꺼내 힘차게 절벽을 찍었다.

콱! 콰지지지익!

낙하하는 속도를 이기지 못한 엽무백은 절벽을 쪼개며 한참이나 미끄러진 끝에 겨우 멈출 수 있었다.

"괜찮으냐?"

엽무백이 뒤를 돌아보며 물었다.

대답은 없었다.

대신 이빨을 딱딱 부딪치는 소리만 들렸다.

"아직 끝난 게 아니다. 죽기 싫으면 꼭 잡아라."

말과 함께 엽무백은 벽호공(壁虎功)을 펼쳐 절벽을 빠르게 기어 올라가기 시작했다. 지금쯤 놈들은 마차를 추격해 지나 갔을 것이다. 놈이 빈 마차를 발견하고 되돌아오기 전에 여길 벗어나야 했다.

　　　　　*　　　*　　　*

　일단의 무사들이 나동그라진 마차에서 혈안룡의 사체를
꺼내고 있었다.

　컹컹! 컹컹!

　번견(番犬)들이 피 냄새를 맡고 일제히 짖어대기 시작했
다. 과거 맹소팀(猛鳥林)이 남방늑대와 교배를 해서 만든 번
견들은 냄새를 귀신처럼 맡는데다 사납기 짝이 없었다.

　무인들이 목줄을 풀어주자 번견들이 마차 속으로 뛰어들
었다. 피 냄새가 진동했지만 번견들은 그 속에 섞여 있는 또
다른 냄새를 맡을 것이다. 번견들이 바닥과 마루에 코를 대고
쿵쿵거리는 동안 바깥의 사람들은 혈안룡의 사체를 살폈다.

　그중 발군의 사나운 기도를 풍기는 자가 있었다. 계피학
발(鷄皮鶴髮)에 왜소한 체구에도 불구하고 오 척에 이르는
대감도를 둘러멘 초로인은 진백령이었다.

　복건성 동남해안에 산개한 열일곱 개의 흑도 방파를 일통
한 후 임호군은 그에게 무릎을 꿇은 방주들 중에서 무공이 가
장 강한 네 명을 골라 사신왕(四神王)에 임명하는 한편 매혈방
을 통솔하게 했다.

　진백령은 그중 첫 번째다.

　진백령은 눈앞에서 벌어진 참상을 보고도 침착했다. 그는

원래 그런 사람이었다. 일단 싸움이 벌어지면 물러설 줄을 모르는 용장(勇將)이었지만 한 번 몸을 움직이기까지는 신중에 신중을 거듭할 줄 아는 노강호였다.

"도대체 몇 방을 쑤신 거야?"

혈안룡의 사체를 살피던 중년인이 말했다.

뾰족한 하관과 툭 튀어나온 광대뼈가 강퍅한 인상을 주는 그는 사신왕 중 두 번째인 곽치록이었다. 곽치록은 생긴 것만큼이나 성격도 음험해서 복주 사람들치고 두려워하지 않는 이가 없었다. 단순히 잔인하기만 한 혈안룡과는 차원이 달랐다.

"이게 도대체 무슨 검법이죠?"

서른 살가량의 여자가 말했다.

백의 무복을 입었는데, 적지 않은 나이에도 불구하고 백옥처럼 희고 투명한 용모와 어울려 마치 한 떨기 매화처럼 청초했다. 하지만 그녀의 아름다움에 반해 수작이라도 걸었다간 누구라도 죽음을 면치 못하리라.

그녀가 바로 과거 악랄하기로 유명한 적혈방(赤血幇)을 이끌었던 섬전수(閃電手) 홍모예였기 때문이다. 지금은 매혈방의 사신왕 중 세 번째 서열이었다.

"이거 완전 개새끼인데요. 오래 살려두기 위해 하나같이 급소를 피해서 찔렀습니다."

세 번째 말을 한 사람은 마종록이었다.

우람한 덩치에 수염이 얼굴의 절반을 뒤덮은 그는 진백령 다음으로 나이가 많았다. 하지만 흑도무림에선 나이보다 앞서는 것이 힘이었고, 그는 네 번째가 되었다.

이처럼 사신왕이 총출동해 현장을 살핀 데는 워낙 피해가 큰 탓도 있었지만 죽은 사람이 하필 방주의 일점혈육 혈안룡이기 때문이었다.

"어떻게 생각하십니까?"

곽치록이 디기의 물었다.

"음……."

진백령은 낮게 침음했다.

"저도 미친놈깨나 만나봤지만 이렇게 잔인한 놈은 처음 봤습니다. 수법도 그렇고 잔인한 성정도 그렇고 교(敎)에서 말한 그놈 같습니다."

사흘 전 교에서 전서구를 통해 복건 전역의 문파에 보내온 밀지의 내용은 실로 충격적이었다.

수일 전 황벽도에서 무공을 숨긴 채 살던 자가 섬을 피로 물들이고 도주했다. 그 수법이 잔혹하기 이를 데 없으며 고강한 무예를 지녔으니 놈을 발견하는 즉시 교(敎)에 보고를 취하라!

"하필이면 방주께서 폐관 중이실 때……."

곽치록이 말끝을 흐렸다.

그의 말처럼 매혈방주 임호군은 진신의 무공을 수련하던 중 문득 아스라이 잡히는 바가 있어 한 달 전부터 폐관에 들어갔다. 폐관에 들어가기 직전 임호군은 천재지변이 일어나지 않는 한 수련을 방해하지 말라는 엄명을 내렸다.

그 말은 곧 적이 침공을 해도 알아서 처리하라는 뜻이다. 사신왕의 맏형 격인 진백령을 믿은 탓도 있지만 그보다는 그가 수련 중에 잡은 깨달음의 끝자락이 그만큼 절박했다는 반증이다.

하지만 지금은 경우가 달랐다.

흉수는 방주의 유일한 핏줄인 혈안룡을 죽인 것도 모자라 교에서 특별히 추격하고 있는 자다. 진백령의 선에서 놈을 처리할 수만 있다면 다행이지만, 만약 일이 틀어질 경우 그 책임을 피할 수가 없다.

진백령은 중요한 판단의 기로에 섰다.

"대당가(大堂家)."

곽치록이 은근한 어조로 진백령을 불렀다.

당가는 흑도인들이 형님으로 모시는 사람을 부를 때 쓰는 호칭이었다. 진백령은 그중 첫째였으니 대당가가 되었다.

그때쯤엔 사신왕의 다른 이들도 진백령의 곁으로 모인 상태였다. 그들은 모두 진백령의 입만 바라보았다.

"추격대를 이끌었던 책임자가 누군가?"

진백령이 뒤를 돌아보며 물었다.

무인들 속에 섞여 있던 벽호당 당주 조일청이 황급히 튀어나와 머리를 조아렸다.

"사안의 심각성을 알겠는가?"

진백령이 물었다.

조일청은 자신의 명이 다했음을 직감했다.

진백령을 쓰러뜨리고 도주를 한다는 건 불가능했다. 그가 할 수 있는 일이라곤 담담히 죽음을 받아들이는 것이 전부였다. 하지만 이대로 죽기에 너무나 억울하지 않은가.

"살길을… 알려주십시오."

조일청이 바닥에 무릎을 털썩 꿇으며 애원했다.

"처자식은 돌보아주겠다."

번쩍이는 섬광과 함께 조일청의 목이 뚝 떨어졌다. 갑작스러운 당주의 죽음에도 불구하고 무사들은 누구 하나 항의를 하지 못했다. 매혈방은 그 어떤 경우에도 실수를 용납하지 않았다.

하물며 방주의 핏줄이 죽었으니 누군가는 그 책임을 져야 한다. 방주는 결코 이 일을 그냥 넘어가려 하지 않을 테니까. 진백령은 조일청 하나를 죽임으로써 다른 사람들을 모두 살린 것이다.

진백령은 검을 바깥으로 휘둘러 피를 털어낸 후 검갑에 꽂았다. 이어 곽치록을 돌아보며 물었다.

"벽호당의 무사 둘이 수급을 잃었다고?"

"그렇습니다."

벽호당은 첩보 수집과 정적 제거를 전문으로 하는 조직이었다. 벽호(壁虎), 즉 절벽을 타는 도마뱀이라는 이름에서도 알 수 있듯이 당 내의 무인들은 하나같이 경신공과 기습에 조예가 깊었다.

조일청이 마차를 추격할 때 수하들로 하여금 전각 지붕을 달리게 한 것도 다 그런 이유에서였다. 그런데 벽호당의 고수 여섯이 대나무 젓가락에 두개골이 뚫려 죽었으며 두 명은 온몸을 난자당한 것으로도 모자라 목까지 잘렸다.

다시 생각해 봐도 잔인하기가 치를 떨 정도다. 하지만 더 중요한 것은 놈이 왜 죽은 자의 수급을 잘라 갔느냐는 것이다.

"인피면구를 만들 작정이다."

"그건 말이 안 됩니다. 수급을 잘린 자들은 우리 쪽 무사들입니다. 놈들의 가죽을 벗겨 면구를 만든다 한들 어찌 우리가 몰라볼 수가 있겠습니까?"

"사람의 인상은 타고난 골격에 의해 좌우된다. 같은 가죽이라도 다른 골격에 덧씌우면 전혀 다른 느낌을 주는 거지. 거기에 눈썹을 뽑고 눈 꼬리를 찢으면 설사 가족이라고 해도 속이는 것이 불가능하지 않다."

"하면 복주를 빠져나가는 길목을 차단한 다음 수상한 자들은 모조리 검문하라고 해야겠습니다."

"그럴 필요 없다."

"어찌하여……?"

"황벽도를 피로 물들이고 도주한 놈이다. 복주를 인의장벽으로 둘러치지 않는 한 천라지망을 뚫고 도주하는 것이 놈에겐 일도 아닐 것이다. 이 와중에 굳이 인피면구까지 만들 이유가 없는 것이지."

"하면……?"

"놈은 복주를 빠져나갈 생각이 없다."

"이런 짓을 벌여놓고도 도망갈 생각을 않는다는 말씀이십니까? 간이 배 밖으로 나와도 분수가 있지……."

"동원할 수 있는 병력은?"

"무슨 말씀을 하시는 건지요?"

"방 내의 무사들은 물론 우리의 영향력 아래 있는 주먹패를 총동원해 복주를 그물질한다. 접전이 벌어져 위치가 파악되면 좋고, 아니어도 놈의 행동에 제약을 주게 될 것이다. 그 사이에 우리는 번견을 풀어 놈을 추격한 다음 마지막으로 나서서 명줄을 끊는다."

"교에 먼저 보고를 해야지 않겠습니까?"

"그러니까 우리가 명줄을 끊는다는 거다."

곽치록은 진백령의 뜻을 즉각 알아차렸다.

교에서 이 일을 알게 되면 고수들을 보내올 것이다. 복주에서 가장 가까운 지단(支団)까지는 불과 하루거리. 지금 전서구를 띄우면 내일 정도쯤엔 교의 고수들이 복주에 도착한다는 계산이 나온다.

그들이 오면 매혈방은 복수의 기회를 잃게 된다. 교의 고수들이 도착하기 전에 놈을 죽여 없애야 한다. 시간이 얼마 남지 않은 것이다.

"방주님께는 어찌할까요?"

"오늘 밤 자정까지 놈을 찾지 못하면 보고를 올린다."

그때 무사 하나가 외쳤다.

"번견들이 냄새를 맡았습니다."

*　　　*　　　*

엽무백과 진자강은 이름 모를 야산 기슭의 폐사(廢寺)에 깃들었다. 쥐가 쏜 목불의 잔해가 여기저기 나뒹구는 가운데 엽무백은 바람을 살펴 모닥불을 피웠다.

모닥불에는 일각 전에 쑤셔놓은 단검이 시뻘겋게 달아오르고 있었다. 잠시 후 엽무백은 헝겊으로 단검의 손잡이를 감아 집어 든 다음 옆구리의 상처를 지졌다.

치이이익!

허연 수증기와 함께 고기 타는 냄새가 났다.

깊지 않은 상처였지만 제법 오랜 시간 방치한데다 금창약이 없기 때문에 이렇게 치료를 하지 않으면 살이 썩어들어 가게 된다.

진자강은 아까부터 함부로 말도 못 붙이고 엽무백의 눈치만 살폈다. 만리축을 나온 이후부터 지금까지 엽무백 주변에 이는 공기가 오늘따라 유난히 싸늘했기 때문이다.

"꼴사납게 됐군."

엽무백이 단검을 내려놓으며 말했다.

"아저씨 잘못이 아니에요. 사갈 같은 임정도가 비겁했던 거예요. 그 상황에서 누구라도 당할 수밖에 없었다고 전 말하고 싶네요."

"칼에 찔린 걸 말하는 게 아냐. 그건 일부러 맞은 거니까."

"일부러 맞았다고요? 왜요?"

"오늘의 실수를 잊지 않기 위해서."

"······?"

"돌이켜 보면 이상한 게 한두 가지가 아니었어. 그처럼 사람이 많은 주루를 접선 장소로 정한 것도 그렇고, 접선을 기다리는 상대가 적 노인이라며 자신의 신분을 밝힌 것도 그렇고, 그건 접선의 기본도 모르는 짓이야. 기름이 근육에만 낀 게 아니라 머리에도 꼈어."

엽무백은 다시 생각해도 멍청한 짓을 한 것 같아 고개를 절레절레 흔들었다. 그때쯤 옷자락을 찢어 상처를 싸매는 중이었다.

진자강은 갑자기 풀이 확 죽었다.

"어쨌든 금사도가 없는 건 확실하네요."

엽무백이 금사도로 가려 한다는 말을 들었을 때 진자강은 펄쩍펄쩍 뛰며 좋아했다. 녀석도 화전민촌에 있을 때 금사도에 대한 소문을 들었지만 감히 엄두를 내지 못했다고 했다.

"오늘 밤은 유난히 춥겠네요."

진자강이 사방을 둘러보며 물었다.

벽과 천장 여기저기 구멍이 숭숭 뚫린 탓에 바람이 쉴 새 없이 들이치고 있었다.

"상관없어. 곧 여길 떠날 거니까."

"지금쯤 적들이 사방에 깔렸을 거예요. 밤까지 기다렸다가 어둠을 틈타 복주를 빠져나가는 게 낫지 않을까요?"

"우리는 복주를 떠나지 않는다."

"예?"

"네 말대로 무인들이 개떼처럼 풀렸을 거다. 도주하는 자를 잡으려 할 때 가장 먼저 뒤지는 것이 폐가다. 그다음이 민가, 다음이 주루와 객점이다. 곧 놈들이 들이닥칠 거다. 그전에 떠나야 해."

"온 도시에 얼굴이 팔렸는데요?"

거기까지 말을 한 진자강은 저만치 나뒹구는 두 개의 수급을 뒤늦게 알아차리고 무릎을 탁 쳤다.

"아항, 인피면구를 만들어 쓰면 되겠구나."

엽무백이 느닷없이 진자강의 턱을 잡고 이리저리 돌렸다.

영문을 알 수 없는 진자강은 눈알만 또록또록 굴렸다.

밤하늘의 별만큼이나 많은 사람이 있지만 똑같이 생긴 사람은 없다. 사람의 생김새는 골격을 에워싸고 있는 피부 두께 반 촌(寸)으로 천변만화한다.

"조금 아플 거다."

우두둑!

"우읍!"

엽무백이 느닷없이 진자강의 턱을 뽑아버렸다.

진자강의 입이 쩍 벌어졌다.

머릿속에서 벼락이 치고 경추를 따라 뼈마디가 짜르르 울렸다. 엽무백의 손이 계속해서 움직였다. 입속에 손가락을 넣어 입천장을 톡톡 두들기기도 하고, 볼살을 잡아당기기도 하고, 입을 찢기도 하고, 눈썹을 밀어 올리기도 했다.

그 모습이 마치 밀가루 반죽을 하는 것 같았다.

그때마다 진자강은 정체를 알 수 없는 어떤 기운이 얼굴을 찌릿찌릿 관통하는 것 같았다. 그건 엽무백의 손가락으로부터 전해지는 암경의 일종이었다.

근육의 방향을 이리저리 바꾸어놓은 엽무백은 뽑았던 턱을 다시 맞춰주었다. 진자강은 얼굴 근육 곳곳이 제 의지와는 상관없이 당기고 쪼이는 것을 느꼈다.

마지막으로 엽무백은 단검으로 진자강의 머리카락을 뭉텅뭉텅 잘라 모닥불에 던져 넣었다.

이어 시뻘겋게 달아오른 숯을 꺼내 머리카락을 닥치는 대로 지지고 헝클어뜨렸다. 나중엔 흙을 퍼다가 얼굴에 문지르기까지 했다.

"지금 뭘 하시는 건데요?"

"다 됐어."

말과 함께 엽무백이 단검을 내밀었다.

검신에 어슴푸레 비친 자신의 얼굴을 바라보는 순간 진자강은 하마터면 졸도할 뻔했다. 검신 속에는 주걱턱에 꾀죄죄한 거지 소년 하나가 자신을 바라보고 있었다.

"이게 뭐죠?"

"간단한 역용술(易容術)이다."

"뼈가 욱신거려 죽을 것 같아요."

"나도 알아."

엽무백이 이번에는 진자강의 손에 단검을 쥐여주고는 검신에 비친 자신의 얼굴을 보면서 우두둑, 우두둑 꺾기 시작했다.

사실 원리는 아주 간단했다.

우선 턱을 뽑아 근육의 조직을 느슨하게 만든 후 얼굴에 있는 열아홉 개의 근육을 차례로 만진다. 그것들을 당기고 조이고 누르는 과정을 반복하며 한편으로는 경기를 주입해 임시로 고정을 하는 것이다. 그렇게 얼굴을 다른 사람으로 탈바꿈시킨 다음에는 뽑았던 턱을 다시 넣는 것으로 마무리를 하면 된다.

당하는 입장에서는 못으로 고정하는 것처럼 고통스럽지만 시간이 지나면 어느 정도 익숙해진다.

간단한 이치지만 경혈과 근육 조직에 대한 깊은 이해가 없다면 시전을 하는 도중에 십중팔구 목숨을 잃는다.

때문에 간단한 역용술이라는 엽무백의 말과는 달리 이 재주의 이름에는 정사마를 막론하고 치를 떠는 한 사람의 별호가 연루되어 있었다.

귀곡모(鬼谷母)의 술법(術法)이 그것이다.

잠시 후, 엽무백은 우중충한 인상의 중년인으로 돌변했다. 진자강은 감탄을 금치 못했다. 무림인들이 얼굴을 감추기 위해 사람의 얼굴 가죽을 벗겨 면구를 만들어 쓴다는 얘기는 들었다.

괴이한 고약을 발라 한시적으로나마 얼굴을 바꾸는 역용술도 있다고 들었다. 하지만 손놀림 몇 번으로 전혀 다른 사람으로 변신한다는 얘긴 듣도 보도 못했다.

진자강은 구석에서 끔찍한 모습으로 굴러다니는 수급 두 개를 가리키며 물었다.

"그럼 저건 왜 가져왔어요?"

엽무백은 수급의 머리카락을 집어 들더니 아무렇지도 않게 모닥불 속에 툭 던져 넣었다. 머리카락이 순식간에 타들어가고 얼굴 가죽도 지글지글 익기 시작했다.

"서, 설마 구워 먹으려는 건 아니겠죠?"

"……!"

진자강의 이 말에 정작 놀란 사람은 엽무백이었다. 자신이 아무리 잔인하기로서니 어찌 인육을 먹을 거라고 생각했단 말인가. 엽무백은 진자강을 한참이나 뚫어지게 바라본 후에 말했다.

"한번 먹어볼래?"

"농담하지 마세요."

"미욱한 놈."

"꿀꺽. 그건 그렇고, 얼굴을 바꿨다고 해도 옷 때문에 걸릴지도 몰라요."

"전부 벗어라."

"예?"

"우물쭈물하다가 놈들 들이닥친다."

진자강이 쭈뼛쭈뼛 일어나더니 옷을 하나씩 벗기 시작했다. 상의 두 개를 벗고, 하의를 벗고, 마지막 속곳을 남겨두었을 때 뒤돌아서서는 천천히 엉덩이를 깠다.

"그건 입어."

"진작 말씀하셨어야죠!"

진자강이 속곳을 쭉 잡아당기며 돌아섰다. 눈동자에는 쌍심지가 돋아 있다. 엽무백은 진자강이 벗어놓은 옷가지들을 손으로 쫙쫙 찢고 작대기로 모은 다음 말했다.

"오줌을 싸라."

"예?"

"내가 쌀까?"

"아, 아뇨. 제가 쌀게요."

진자강이 속곳을 반쯤 내리고 자신의 옷 위에 오줌을 갈겼다. 엽무백은 그걸 다시 흙과 함께 이리 비비고 저리 비비더니 모닥불 가에 꽂아둔 작대기에 걸었다.

"마르는 대로 입어라."

"대체 왜 이러시는데요?"

"무림인들은 보통 사람들로서는 이해되지 않는 예리한 감각의 소유자들이다. 옷을 아무리 찢어놓은들 거지 소년이 지린내가 나지 않으면 의심을 받을 거다."

"아저씨는요?"

엽무백은 자연스럽게 일어나서 옷을 홀렁홀렁 벗어젖혔다. 그 순간 진자강은 엽무백의 몸 위에 아로새겨진 수많은 흉터를 보았다. 어떤 건 목숨이 위험할 정도로 깊은 상처였다.

'대체 무얼 하던 사람일까?'

옷을 벗은 엽무백은 이제 그것들을 뒤집어 입기 시작했다. 그러자 꾀죄죄하던 회색 장삼이 말끔한 청색 장삼으로 변해 버렸다. 눈 깜짝할 사이에 청색 장삼을 입은 우중충한 중년인이 된 것이다.

그야말로 기절초풍할 노릇이었다.

"난 거지가 아니니까."

진자강이 떨떠름한 표정을 지었다.

엽무백은 마지막으로 품속에서 남은 투골저를 모두 꺼내 모닥불에 던져 넣었다. 이어 기나옹에게 빼앗은 단검도 검두(劍頭)가 보이지 않을 정도로 땅속 깊숙이 박아 감춰 버렸다.

투골저는 대나무를 깎아 만든 것이니 금방 타 없어져 버릴 것이고, 단검은 누가 일부러 땅을 파보지 않는 한 절대 찾을 수 없었다.

"무기를 모두 버리면 어쩌시려고요?"

"무기를 들고 다니다 들키면 빼도 박도 못한다. 정 필요한 순간이 오면 빼앗아 싸우면 되는 거고. 그만 가자."

엽무백이 몸을 일으켰다.

진자강은 어쩔 수 없이 따라 일어나기는 했지만 고개를 푹 떨구었다. 금사도의 존재가 헛소문이라는 것이 밝혀진 상황에서 이제 어디로 간단 말인가.

"헛소문이 아닐 수도 있다."

"예?"

"금사도가 실제로 존재하는지는 모른다. 하지만 적 노인은 가짜가 아닐 수도 있다."

第十一章 십병귀（十兵鬼）

도시를 발칵 뒤집어놓은 탓에 매혈방의 무사들은 거리 곳곳에 흘러나와 행인들을 검문하고 있었다. 남자와 아이가 함께 걷는 경우가 집중적인 검문의 대상이 되었다.

　엽무백과 진자강은 태연히 대로를 걸었다.

　진자강은 영악했다. 행여 자신의 태도가 어색할세라 길가에 즐비한 좌판들을 신나게 구경하며 걸었다. 그 모습 어디에도 쫓기는 열세 살 소년의 초조함 같은 건 없었다. 급기야 국수를 파는 좌판 앞에서는 무엇으로 국물을 우려내느냐고 묻는 능청까지 보였다.

　어느 순간 엽무백은 녀석의 행동이 온전히 연극만은 아니라는 것을 알게 되었다. 녀석은 정말로 일상의 편안함을 즐기는 듯했다.

자신의 목을 따기 위해 혈안이 되어 있는 적진 한복판에서 저런 태연함이라니. 도대체 녀석의 저 밝음은 어디에서 오는 것일까?

"태연한 건 좋은데 너무 튀지는 마라."

"제가 그랬나요?"

"강호에서는 한걸음 한걸음을 신중히 내디뎌야 한다고 했던 말 기억하느냐?"

"네, 무척 인상 깊었어요."

"네가 말을 거는 사람들은 모두 어떤 식으로든 너를 기억할 것이다. 아무것도 아닌 것 같지만 무인들은 작은 단서에서도 중요한 걸 짚어내지."

"그저 한두 마디 건넸을 뿐인데요?"

"추종술(追從術)이라는 것이 있다. 발자국, 냄새 같은 물리적 물증으로도 추적을 하지만 탐문을 통해 얻은 정보로 상대의 심리와 목적지를 유추하기도 하지. 흑사단이 네가 살던 화전민촌을 습격할 수 있었던 것도 그런 이유에서다. 도시로 나왔던 누군가가 분명 흔적을 남겼을 거야."

"그 정도예요?"

"오래 살려면 강호를 알아야 한다. 명심해라."

"예, 명심할게요."

그 순간 엽무백이 걸음을 멈췄다.

칼 찬 매혈방의 무사 세 명이 앞을 막아섰기 때문이다.

"매혈방의 소공자를 죽인 흉수를 찾고 있다. 협조를 거부할 경우 목숨을 장담할 수 없다."

송충이눈썹을 가진 무사의 말이었다.

그가 딱 한 걸음 떨어진 정면에서 지켜보는 가운데 나머지 두 명이 엽무백과 진자강의 몸을 수색했다. 놈들은 먼저 양팔과 두 다리를 벌리고 서게 만든 다음 칼집으로 겨드랑이며 가랑이 사이를 툭툭 건드려 보았다.

나중에는 칼집을 가슴에 넣어 옷을 벌리고 속까지 살폈다. 병기를 소지했는지 검사하는 것이다. 아무것도 나오지 않자 송충이눈썹의 무사가 엽무백에게 물었다.

"거지 아이와 중년 사내라……. 어울리지 않는 조합이군."

"항주에서 온 장사치인데 일꾼이 모자라 심부름이나 시켜볼까 해서 데려가는 길이오."

"그래?"

말과 함께 송충이눈썹의 무사가 쓰윽 다가오더니 엽무백의 상의를 확 젖혔다. 그러곤 엄지로 목덜미를 빡빡 문질러댔다. 인피면구를 쓰게 되면 어쩔 수 없이 표가 나는 가장자리가 바로 목덜미였다.

하지만 그 역시 소득이 없었다.

또 다른 무사가 이번엔 진자강의 옷을 젖혔다. 고약한 지린

내에 코를 틀어막고는 한참을 문지르더니 그래도 소득이 없자 결국 포기했다.

"썩 꺼져라."

엽무백과 진자강은 다시 걸음을 옮겼다.

대여섯 발자국을 걸었을 무렵 송충이눈썹의 사내가 갑자기 두 사람을 불러 세웠다.

"잠깐!"

두 사람이 걸음을 멈추었다.

엽무백은 주먹을 슬그머니 말아 쥐었다.

두 명의 무사가 저벅저벅 다가오더니 그중 하나가 매혈방의 문장(紋章)이 새겨진 굵직한 도장을 꺼냈다. 그러곤 엽무백과 진자강의 이마에 꽝꽝 찍어주었다.

이미 확인을 거쳤다는 표식이다.

도시를 활보하는 사람들이 많으니 이런 식으로 표식을 해 중복을 피하려는 조처였다. 덕분에 엽무백과 진자강은 번견만 만나지 않는다면 편안하게 도시를 활보하게 되었다.

"애꿎은 목숨 잃고 싶지 않거든 흉수가 잡힐 때까지는 지우지 마라."

송충이눈썹의 무사가 엄중하게 경고를 한 후 수하들과 함께 사라졌다.

엽무백과 진자강은 다시 걸음을 옮겼다.

잠시 후 무사들이 멀리 사라지자 진자강이 엽무백을 힐끗 힐끗 돌아보았다. 그러다 갑자기 고개를 절레절레 흔들었다.

"또 왜?"

"이건 개사기극이에요."

"뭐?"

"아저씨는 지금과 같은 상황을 추측하고 역용을 한 것이 아니라, 인피면구를 만들 것처럼 가장해서 지금과 같은 상황을 일부러 유도했어요. 자신의 장기인 역용술을 이용해 뚫고 나갈 수 있는 빈틈을 만든 거죠. 이건 그야말로 상상을 초월한 발상이에요. 이걸 성동격서(聲東擊西)의 계라고 해야 하나, 상옥추제(上屋抽梯)의 계라고 해야 하나? 아무튼 혈안룡에게 사기 당한 걸 멋지게 되돌려 줬어요. 통쾌해 죽을 것 같아요. 크크크."

"병법을 익혔느냐?"

"익혔다기보단 외웠죠. 하지만 그 어떤 병서에도 이런 식으로 적을 조롱하는 전술은 없었어요."

"전술은 심리전이다. 우리가 속은 것도 금사도에 대한 갈망이 판단력을 흐리게 한 탓이지. 사람은 보고 싶은 것만 보거든."

"그나저나 이제 어디로 가죠?"

"만날 사람이 있다."

"복주에 아는 사람이 있어요?"

"아니."

"그럼 모르는 사람이에요?"

"그렇다."

"약속은 했고요?"

"아니."

"어디 사는지는 알고요?"

"아니."

"모르는 사람을 약속도 않고 어떻게 만난다는 거죠?"

"그도 나를 만나고 싶어 한다면 불가능하지만은 않다."

진자강은 당최 무슨 말을 하는 건지 모르겠다는 얼굴이다.

엽무백은 마차를 타고 도시를 가로지를 때 만난 여자를 찾고 있었다. 자신의 예상이 틀리지 않는다면 그녀는 분명 매혈방의 무사들과 부딪치는 것을 꺼렸다. 그건 곧 그녀가 정도무림의 생존자일 가능성이 크다는 뜻이다.

하지만 어디에 사는지도 모르는데 어떻게 만날까?

방법은 그녀를 만났던 장소로 다시 돌아가는 것이다. 여기에는 두 가지 전제 조건이 필요했다. 그녀 역시 엽무백을 만나고 싶어 한다는 것, 그리고 엽무백과 같은 생각을 한다는 것.

그런데 그게 가능할까?

엽무백도 확신할 수는 없다.

이윽고 여자가 사라졌던 골목이 나타났다.

골목 입구에 허름한 노인이 국수 좌판을 열고 있었다. 진자강은 이곳이 목적지인지도 모른 채 엽무백의 눈치를 실실 보면서 배를 쓰다듬었다.

한 그릇 사달라는 소리다.

"두 그릇 주시오."

"않으시구랴."

엽무백이 품속에서 철전 몇 개를 꺼내 간이 탁자 위에 올려놓았다. 잠시 후 노인이 국수 두 그릇을 뚝딱 말아냈다.

후루룩, 쩝쩝 소리가 요란하더니 진자강은 눈 깜짝할 사이에 한 그릇을 해치워 버렸다. 그러곤 입맛을 다시며 또다시 엽무백의 눈치를 살폈다.

"두 그릇 더 주시오."

진자강의 입이 헤벌쭉 벌어졌다.

소가 헤엄치고 간 물을 끓인 것 같은 뿌연 국물에 거친 소면이 전부였지만 두 사람은 맛있게 먹었다. 워낙 배가 고팠던 탓이다.

그러다 보니 한 그릇이 두 그릇이 되고 두 그릇이 세 그릇이 되더니 순식간에 배가 올챙이처럼 빵빵해졌다. 그때까지도 여자는 나타나지 않았다.

금방이라도 무너져 내릴 것만 같은 폐가의 이층 창문 구멍에 한 사람이 붙어 있었다. 요요한 허리에 백옥 같은 피부, 비단결 같은 머리카락을 새침하게 묶은 여자는 구멍 사이로 십리경(十里鏡)을 꽂아놓고 벌써 반 시진째 골목길을 살피는 중이었다.

"틀림없어. 저 사람들이야."

여자가 말했다.

또 다른 사내가 십리경을 빼앗아 들더니 창밖을 살폈다. 후줄근한 복색에 뾰족한 턱을 지닌 그는 십리경으로 골목을 한참이나 살피다 말했다.

"확실해?"

"확실해."

"혈안룡을 죽일 정도로 강해 보이진 않는데."

"생긴 것만 보고 어떻게 알아? 그리고 원래는 저렇게 밥맛으로 생기지 않았어. 뭐랄까. 우수에 젖은 눈동자가 꼭 아픈 사연을 간직한 것 같다고나 할까?"

사내가 십리경에서 눈을 떼고 여자를 물끄러미 바라보았다. 민망해진 여자가 표정을 굳히며 말했다.

"아무튼 저 사람이 확실해."

사내가 다시 십리경에 눈을 붙였다.

"말인즉슨 소문대로 인피면구를 썼다는 얘긴데, 그렇다면 매혈방의 무사들이 검문을 하면서 몰랐을 리가 없지. 봐. 마빡에 도장까지 떡하니 찍혀 있잖아. 난 아니라고 보는데."

"난 기라고 봐."

"무슨 근거로?"

"느낌이 그래. 역용이 꼭 인피면구를 쓰는 것만 있는 것도 아니잖아."

"그럴까?"

"그렇지."

"그나저나 많이도 처먹네."

의자가 다시 십리경을 홱 빼앗아 창밖을 살폈다

사내의 말대로 옆에 그릇이 한정도 없이 쌓이고 있었다. 배가 터질 것처럼 부풀었는데도 또 두 그릇을 더 주문하는 것 같았다. 국수를 파는 노인의 두 눈이 휘둥그레졌다.

"나를 기다리는 거야."

"너를? 말도 안 돼."

"안 그러면 저 맛도 없는 조 노인의 국수를 배가 터지도록 먹고 있을 리 없어. 매혈방의 눈을 피해 저 자리를 지키고 있기 위해서지."

"네가 지켜볼 줄을 어떻게 알고?"

"서로가 만나고 싶어 한다면 방법은 하나밖에 없지. 처음 만났던 장소에서 기다리는 것. 거기까지 생각했다니 생각보다 똑똑한 놈인데?"

"무슨 그런 말도 안 되는……."

"만나봐야겠어."

여자가 문구멍에서 십리경을 뽑더니 타닥 접어 품속에 갈무리했다. 사내가 여자의 손목을 덥석 잡았다.

"안 돼."

"왜?"

"적주(敵主)님 말씀 못 들었어? 저놈이 혈안룡을 죽이는 바람에 도시가 발칵 뒤집혔어. 매혈방이 전 병력을 동원해 뒷골목이란 뒷골목은 죄다 그물질하고 있단 말이야. 놈을 끌어들였다가 자칫 우리까지 노출될 수도 있어."

"아이까지 있어. 그냥 놔두면 죽을 거야."

"어쩔 수 없어."

"추 오라버니는 내가 저런 상황에 부닥쳐도 모른 척할 거야?"

"무슨 말을 그렇게 해. 난 목숨을 걸고 너를 구할 거야. 여태 나를 겪고도 몰라?"

"나도 지금까지는 그렇게 생각했어. 그런데 이제 그 믿음이 흔들리려고 해."

"뭔 말이야? 알아듣게 해."

"정말 모르겠어? 이건 우리 조직의 근간에 관한 문제라고. 언제 어디서든 서로를 지켜줄 거라는 믿음. 그게 무너지면 우리는 더 이상 함께할 이유가 없는 거야."

"저자들이 어떻게 우리가 돼?"

"삼 년 전 기억 안 나? 그때 오라버니는 금사도로 가겠다며 적 노인을 만나러 왔어. 그때 죽을 뻔한 오라버니를 구해준 사람이 누구였더라?"

"당연히 너지."

"저들은 추 오라버니의 삼 년 전 모습이야. 혈안룡을 죽이고 금사도로 가는 길을 알고 싶어서 온 사람들이야. 우리와 같아. 적이 아니라고."

"네 말이 모두 옳아. 하지만 이제 와서 그게 다 무슨 소용이야. 난 오늘 처음 만난 사람들을 살리자고 너를 사지로 내몰 수는 없어. 내 그릇이 그것밖에 안 된다고 욕해도 할 수 없어."

말과 함께 사내가 양손을 쭉 뻗었다. 혈도를 짚어 여자를 막으려는 것이다. 하지만 여자도 녹록지 않았다. 그녀는 상체를 벼락처럼 꺾더니 양손으로 사내의 옆구리를 두들겨 갔다.

퍼벅!

타격음이 요란하게 터지는 와중에도 사내는 꿈쩍도 하지 않았다. 너를 살릴 수만 있다면 얼마든지 맞아줄 용의가 있다는 듯, 여자의 목을 겨드랑이 사이에 끼우더니 그대로 눌러버렸다. 압제를 가해 손발을 놀리지 못하도록 하려는 것이다.

하지만 여자의 근성도 대단했다.

"이얍!"

여자는 고함을 지르더니 사내를 목에 태운 채로 벽을 향해 돌진했다. 쿵! 소리와 함께 등을 부딪친 사내가 움찔했다. 하지만 그것뿐이었다. 사내는 고통스러운 신음을 흘리면서도 여자를 놔주려 하지 않았다.

그때부턴 개싸움이었다.

여자는 목을 겨드랑이에 끼인 상태에서도 닥치는 대로 사내를 때렸고, 사내는 여자의 목을 감고 꾹꾹 눌러댔다. 그러던 어느 순간 사내가 소스라치게 놀라며 비명을 질렀다.

"뜨아아!"

뒤늦게 압제에서 풀린 여자가 뒤를 돌아보고는 역시나 기겁을 했다.

"우어억!"

입구에 두 사람이 멀거니 서서 싸움을 구경하고 있었다. 저만치 골목 입구에서 조 노인의 국수를 사 먹던 중년인과 사내아이였다.

*   *   *

복건성 남평(南平).

민강 상류를 통틀어 가장 큰 하항(河港)의 도시인 남평은 그 이름에서도 알 수 있듯이 광활한 평야를 자랑한다. 수륙 교통의 요지이자 수많은 상인방회가 뿌리를 내린 이곳에 혼세신교가 지단을 세운 것은 우연이 아니었다.

비가 내렸다.

어젯밤부터 시작된 비는 아침이 밝은 후에도 그칠 기미를 보이지 않았다. 죽립에 도롱이를 뒤집어쓴 다섯 명의 사내가 말을 탄 채 빗속을 달리고 있었다.

이윽고 그들 오 인이 걸음을 멈추었을 때 눈앞에는 커다란 장원이 버티고 있었다. 붉은 지붕이 하늘을 향해 힘차게 뻗은 장원, 혼세신교의 남평지단이었다.

"신분을 밝히시오."

수문무사늘이 앞을 막아있나.

죽립인 하나가 동패를 획 내던졌다.

동패를 받이 든 수문무사의 얼굴이 따딱하게 굳었다. 죽립인이 손을 내뻗는 순간 수문무사의 손에 있던 동패가 획 빨려 들어왔다. 수문무사가 재빨리 장원의 안쪽을 향해 말했다.

"문을 열어라!"

잠시 후, 문이 열리고 다섯 필의 말이 사라졌다.

산동오살이 내실로 들어갔을 때는 두 사람이 기다리고 있었다. 장대한 체구를 은빛 갑옷으로 무장을 한 채 묵직한 위엄을 흘리는 자는 철갑귀마대(鐵甲鬼馬隊)의 대주 귀환도(鬼煥刀) 금적무였다.

혼세신교에는 모두 수십 개의 타격대가 있었고, 혼마의 제자들이 골육상잔의 전쟁을 벌일 때만 해도 각자의 정치적 판단에 따라 여타 세력들과 종횡으로 긴밀한 관계를 맺었다.

철갑귀마대는 뇌총과 손을 잡았다.

한철을 두들겨 만든 철편을 물고기 비늘처럼 하나하나 꿰어 만든 갑옷을 입고 돌격창과 대월도로 무장한 삼백의 전투 괴수들, 저들이 지나간 자리엔 아무것도 남지 않았다.

그 막강한 무력을 등에 업고 뇌총은 결국 칠공자를 권좌에 올려놓았다.

철갑귀마대의 등장은 뇌총이 홍수를 어떤 시각으로 보고 있는지를 단적으로 말해주었다. 뇌총은 놈을 단순히 쓸어 없애 버려야 할 삼공자의 잔당 정도로 보고 있는 것이다.

하지만 산동오살의 생각은 달랐다.

놈과 철갑귀마대는 전투의 방식부터가 달랐다.

혹여나 이런 일이 있을지 몰라 만박노사에게 왕림을 요청한 것인데 그는 모습을 드러내지 않았다. 만박노사를 대신해서 온 사람은 문사풍의 청건을 쓴 이십 줄의 청년이었다.

쥘부채를 할랑할랑 부치는 허연 손목은 닭 모가지도 비틀지 못할 만큼 가냘파 보였다. 하지만 하늘 아래 그를 경시할 수 있는 사람은 그리 많지 않았다. 그가 바로 만박노사의 총애를 받는 뇌총의 떠오르는 신성 잠룡옥(潛龍玉)이기 때문이다.

두 사람은 모두 태사의에 방만하게 앉아 산동오살을 굽어보고 있었다.

"총주께서 직접 오실 줄 알았습니다만……."

일살이 천천히 말문을 열었다.

제아무리 어리다고는 하나 상대는 나는 새도 떨어뜨린다

는 뇌총의 지자. 일개 검객에 불과한 일살이 함부로 하대를 할 수 있는 상대가 아니었다.

"그만한 일로 총주께서 직접 걸음을 하시게 만들어서야 쓰나요."

잠룡옥이 말했다.

어조에는 네가 감히 무엇이관데 바쁘신 총주를 오라 가라 하느냐는 힐난이 담겨 있었다.

그 순간 일살은 자신들이 보낸 전서가 총주에게 전달되지 않았다는 걸 깨달았다. 총주에게 전달이 된다손 치더라도 그가 이곳까지 직접 걸음을 한다는 보장은 없었다.

하지만 문제의 심각성은 인식했을 것이다.

그랬다면 잠룡옥을 보내지도 않았을 것이다. 제아무리 불세출의 기재라고는 하나 아직은 세상사를 꿰뚫어 보기에 모자란 나이. 강호의 일은 머리가 아니라 경험으로 처리하는 것이다.

'신궁이 어수선한 탓이로다. 호미로 막을 일을 가래로 막아야 할지도 모르겠구나.'

"중망쇄금진이 등장했다지요?"

잠룡옥이 말꼬리를 흐리며 물었다.

"그에 대한 보고는 진작에 한 걸로 압니다만."

"혹 다른 건 찾지 못하셨는지?"

"무슨… 뜻입니까?"

"혹 지룡포질을 아시는지?"

지룡포질은 물리면 한동안 진기를 끌어올리지 못하는 독 거머리다. 중망쇄금진을 얘기하다가 왜 갑자기 지룡포질이 나오는가.

"중망쇄금진이 펼쳐졌던 목옥에서 인혈(人血)을 잔뜩 머금 은 지룡포질이 발견되었지요. 당시 놈은 중독되어 있었습니 다. 안타깝군요. 놈을 제거할 수 있는 절호의 기회였는 데……."

산동오살은 크게 놀랐다.

자신들이 신궁을 떠날 당시 뇌총에서 따로 사람들을 딸려 보낸 것이 분명했다. 자신들의 솜씨를 완벽히 믿지 못해서라 기보다는 모든 정보를 당사자들보다 더 정확히 간파하려는 지자들 특유의 결벽증 때문이다.

뇌총은 항상 그렇게 일을 해왔기 때문에 그건 전혀 이상하 지 않았다. 하지만 놈이 지룡포질에 물렸다고? 사실이라면 이건 그야말로 수치스럽기 짝이 없는 실수다. 산동오살이 그 중요한 표지를 읽지 못했다니.

물론 충분한 이유는 있었다.

당시 얼살은 짐승 같은 예리한 감각으로 놈이 근처에서 자 신들을 지켜보고 있다는 걸 알아차렸다. 놈이 멀리 달아나기 전에 잡으려다 보니 목옥 주변을 세심하게 살피지 못했다. 하 지만 세상사는 결과가 과정을 합리화시키는 법. 산동오살의 이름으로 어찌 구차한 변명 따위를 늘어놓으리오.

"놈을 잡겠다는 욕심에 놓쳤소이다."

일살이 말했다.

"추종술과 암살에 관한 한 천하제일을 다툰다는 산동오살의 수좌께서 하실 말씀은 아닌 것 같습니다만!"

일살을 제외한 네 명의 눈이 히옇게 끼뒤집어졌다. 그나마 죽립을 눌러쓰고 있었기에 금적무와 잠룡옥에게 보이지는 않았다. 하지만 전신에서 뿜어져 나오는 기세만큼은 그들도 어쩔 수 없었다.

"감히 검객들 따위가 내 앞에서 살기를 피워?"

여태 잠자코 사태를 지켜보던 금적무가 탁자 위에 그의 무명이자 동시에 성명병기인 귀환도를 올려놓았다. 깊게 박힌 그의 두 눈에서 서늘한 한기가 뿜어져 나와 장내를 쓸었다.

경고다.

경거망동했다가는 그냥 넘어가지 않을 거라는 경고. 금적무의 이런 태도는 산동오살을 억누르기는커녕 더 자극했다. 검갑을 쥔 손에 힘이 들어가면서 어깨와 팔이 부르르 떨렸다.

산동오살은 모욕을 느꼈다.

자신들은 공식적으로는 존재하지 않는 그림자들, 만박노사가 일을 은밀하게 처리할 때 쓰는 일종의 암검(暗劍)이다. 때문에 제아무리 공을 세워도 돌아오는 건 없다. 써도 써도 마르지 않는 재물과 만박노사의 무한한 신뢰뿐.

하지만 잠룡옥이나 금적무는 달랐다.

그들은 신교의 정식 편제에 속했다. 공을 세우면 높은 곳으로 올라갈 수도 있었고, 명예도 얻었으며, 교도들로부터 추앙도 받았다.

그러나 그렇다고 해서 존재하는 자들과 존재하지 않는 자들 사이의 우열을 말할 수는 없지 않은가. 한데도 금적무는 자신들을 마치 수하처럼 다루고 있지 않은가.

확 엎어버리고 싶은 마음이 굴뚝같았지만 그건 죽음을 각오해야 한다. 바깥에는 야수와도 같은 철갑귀마대의 고수들이, 앞에는 십봉룡과 어깨를 나란히 한다는 금적무가 있다. 전면전이 벌어진다면 산동오살은 몰살을 면치 못하리라.

"제가 총주를 뵙자고 한 것은……."

일살이 한 걸음 물러나며 말문을 열었다.

팽팽하던 분위기가 조금씩 가라앉으며 사람들의 시선이 일살에게로 집중되었다.

"상황이 예상했던 것보다 훨씬 심각했던 탓입니다."

"아는 놈이오?"

다시 잠룡옥이 물었다.

"그렇습니다."

"놈의 얼굴을 안단 말이오?"

"저희가 사는 세계에서 상대를 안다는 것은 그 방식을 안다는 것이지요. 얼굴은 알 수도 없고 알 필요도 없습니다."

"얼굴을 몰라도 상대를 안다……. 재밌군. 그는 어떤 자이외까?"

"마음만 먹는다면 하늘 아래 그 어떤 사람의 숨통도 끊어 놓을 수 있는 괴물이죠."

"네놈들이 살기가 싫은 모양이로구나."

금적무의 얼굴이 일순 흉악해졌다.

혼마가 대륙을 일통하고 난 후 강호인들 사이에서는 금기기 하니 있었다. 바로 천하제일인, 천하무적, 무적자와 같은 단언적인 말을 쓸 수 없다는 것이다.

그건 오직 한 사람을 위한 말이었고, 혼마 교주만이 그렇게 수식될 수 있었다. 그리고 이제 칠공자가 그 뒤를 이었다. 그런 말의 연장선에서 볼 때 천하의 누구라도 죽일 수 있다는 일살의 말은 신성모독이었다.

"아첨꾼을 원하십니까?"

일살은 담담한 표정으로 물었다.

잠룡옥의 얼굴이 묘하게 뒤틀렸다.

살수 나부랭이라고 해서 경시하는 마음이 없지 않았거늘 이제 보니 제법 간이 큰 자들이 아닌가. 정보란 수식이나 과장이 있으면 안 된다. 있는 그대로를 전달하는 게 무엇보다 중요하다.

"계속 말해보시오."

"처음 놈의 존재를 감지한 것은 오륙 년 전이었습니다. 전

대 교주께서 병중에 드시고 신궁이 혼란스러울 무렵, 단 칠 주야 만에 신교의 수뇌부 수십 명이 죽은 일이 있었죠."

잠룡옥과 금적무의 눈이 동시에 착 가라앉았다.

혼마가 병중에 들자 온갖 귀계와 암투가 난무한 시절이 있었다. 드러내 놓고 싸울 수는 없고, 그렇다고 손 놓고 있을 수만은 없는 상황. 그때 자객들을 이용한 전쟁이 은밀히 벌어졌다. 산동오살이 만박노사의 눈에 든 것도 바로 그 무렵이었다.

그리고 '죽음의 칠 주야'가 있었다.

스물일곱 명의 제자와 팔마궁의 궁주들이 모두 가세해 각자의 명운을 건 전쟁이 벌어질 뻔한 일촉즉발의 상황. 그때 도화선이랄 수 있는 각 진영의 군사(軍師)들과 선봉을 맡은 절정고수 수십 명이 정체 모를 고수들에게 난자당해 죽은 일이 있었다.

전술을 쥐고 있던 군사들이 죽고, 그 선봉대에 설 고수들이 죽어버렸으니 칼끝과 머리를 모두 잃은 상황. 어찌 보면 더욱 상황이 악화되었지만 역설적이게도 전쟁은 벌어지지 않았다. 다들 대체 누가 이토록 막강한 힘을 지녔는지 파악하느라 정신을 온통 빼앗겼기 때문이다.

당시의 일을 두고 사람들은 '죽음의 칠 주야'라고 불렀다. 그 무서운 일을 한 자들의 정체는 끝내 밝히지 못했다.

"그 얘기는 어찌하여 꺼내는 거요?"

"당시 흉수를 찾아내지 못한 것은 검흔이 너무나 평범하여 유파를 유추하기가 쉽지 않았기 때문이죠. 한데 이후에도 비슷한 시체들이 간헐적으로 나타났습니다. 검이 창(槍), 곤(棍), 저(箸) 등으로 바뀌었을 뿐이죠."

"설마 그 모든 게 한 사람의 솜씨… 그러니까 지금 우리가 추격하는 놈의 짓이란 뜻은 아니겠지요?"

"우리는 그렇다고 확신합니다."

일살의 '우리'는 살수들을 말한다.

논리보다는 예리한 후각과 경험으로 상대를 판단하는 자들. 살수들이, 특히 산동오살이 그렇다면 십중팔구 그럴 것이다. 잠룡옥도 살수들의 그런 능력은 믿는다.

"이런, 뜻밖의 거물이 걸려들었군."

잠룡옥의 눈동자에 기광이 어렸다.

"삼공자와의 대결이 싱겁게 끝나서 아쉬웠는데 잘됐군. 놈으로 짐작되는 자가 복주에서 나타났다는 전서를 받았는데, 다행히 매혈방이 펼친 천라지망에 갇힌 듯하니 서둘러 가면 놈을 잡을 수 있겠어."

금적무도 호기롭게 말했다.

잠룡옥이 공을 세울 기회가 온 것에 대해 기대를 하고 있다면 금적무는 모처럼 호적수를 만난 것에 대해 흥분하고 있었다. 일살은 이런 두 사람을 향해 나직하게, 그러나 분명한 어조로 경고했다.

"제 말씀을 이해 못하시는군요. 우리는 놈을 십병귀(十兵鬼)라고 불렀습니다. 병기가 하나씩 늘어날 때마다 무력 또한 비례해서 강해지죠. 놈이 만약 십병을 모두 손에 넣게 된다면 단언컨대 지금껏 만나보지 못한 대적(大敵)을 상대해야 할 것입니다. 이게 제가 총주를 뵙자고 청한 이유입니다."

『십병귀』 제2권에 계속…

마법사
무림기행

魔法師 武林紀行

김도형 퓨전 판타지 소설

**신예 김도형이 그려내는 퓨전 장르의 변혁!
무림을 무대로 펼쳐지는 마법사의 전설!**

무림에서 거지 소년으로 되살아난 마법사 브린.
더 이상 떨어질 곳도 없는 깊은 나락에서 마법사의 인생은 새로이 시작된다!

내 비록 시작은 이 꼴이나 그 끝은 창대하리니!

**짓밟혀도 되살아나는 잡초 같은 생명력!
고난 속에서 빛을 발하는 날카로운 기재!**

**무협과 판타지를 넘나드는
마법사 브린의 모험을 기대하라!**

Book Publishing CHUNGEORAM

귀환인 歸還人

김동신 퓨전 판타지 소설

모든 마수의 왕 베히모스.

그의 유일한 전인 파괴의 마공작 베르키.
마계를 피로 물들이고 공포로 군림했던 그가
드디어… 꿈에 그리던 한국으로 돌아왔다.

**"친구들아,
나 권태령이 드디어 돌아왔어!"**

피로 물들었던 마계의 나날을 잊고
가족과도 같은 친구들과 지내는 생활.
그 일상을 방해하는 자들은 결코 용서치 않는다!

**살기가 휘몰아치는 황금안을 깨우지 말라!
오감을 조여오는 강렬한 퓨전 판타지의 귀환!**

Book Publishing CHUNGEORAM

유행이 아닌 자유추구 -
WWW. chungeoram.com

THE KNIGHTS OF SQUARE

아더왕과 각탁의 기사

홍정훈 판타지 장편 소설

『비상하는 매』의 신선함, 『더 로그』의 치열함,
『월야환담』의 생동감.
그 모든 장점을 하나로 뭉쳐 만든 홍정훈식 판타지 팩션!

아더왕과 원탁의 기사.

전설의 검 엑스칼리버의 가호 아래 역사에 길이 남을 대왕국을 건설한
위대한 왕과 그의 충직한 기사들.

"…난 왜 이리 조건이 가혹해?!"

그 역사의 한복판에 나타난 이질적 존재, 요타!
수도사 킬워드의 신분을 빌려 아트릭스의 영주가 되어 천재적인 지략과 위압적인 신위를 휘두르며
아더왕이 다스리는 브리타니아에 정면으로 반기를 든다!

**전설과 같이 시공을 뛰어넘어
새로운 아더왕의 이야기가 우리 앞에 나타난다!**

Book Publishing CHUNGEORAM

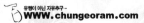